本班最後1個乖仔

阿濃

本班最後 1 個乖仔——阿濃校園小説集
作者／阿濃
插畫／棗田
策劃編輯／周淑屏
責任編輯／楊碧瑤
美術設計／陳詩韻　劉碧雲
出版發行／突破出版社
香港沙田亞公角山路 33 號突破青年村
電話：2632 0000　傳真：2632 0388
電郵：breakthrough@breakthrough.org.hk
網址：http://www.breakthrough.org.hk
http://www.btproduct.com
承印／陽光（彩美）印刷有限公司
1996 年 10 月初版 1 刷
2014 年 10 月初版 16 刷
2017 年 3 月 2 版 1 刷
2024 年 7 月 2 版 5 刷

A Nong's Short Stories for the Teens
by A Nong
First Printing, First Edition, October 1996
Sixteenth Printing, First Edition, October 2014
First Printing, Second Edition, March 2017
Fifth Printing, Second Edition, July 2024

Printed in Hong Kong
ISBN 978-988-8392-24-7

每一個
年輕人都應當
乘着夢想的
翅膀出航。

成長文學

目錄

序 6

迷失的
會織草蜢的男孩 8

乖巧的
本班最後 1 個乖仔 24

傻呵呵的
母親的特異功能 36

委屈的
大件事 52

清純的
那一朵玫瑰 64

好仰慕的
老老師的第一課 74

躁動的
小色狼 84

無助的
爸做錯了一件事 96

可塑的
逃學之後 106

摯情的

妹妹 118

夢幻的

第三願 130

搗蛋的

讓她也「錯」一次 140

率真的

二人世界 148

明理的

偵探三人組 158

滿懷期盼的

笛子 170

善感的

最後的團圓 182

受傷的

想在草地打滾的女孩 194

幾番思量的

尋角 204

蠻漂亮的

校長李潔 214

序

我答應過為同學、家長、老師寫一本類似《愛的教育》的書，可是到今天我還沒有寫出來，為此我感到抱歉。

現在「突破」把我其中好些少年小說，包括在《突破少年》發表過的，與人合集的，和幾篇沒有發表過的新作，合為一集，定名為《本班最後1個乖仔》，作為阿濃的校園小說合集，使我十分的喜歡。因為這正是一本具有愛的教育的精神的書。

出版之前，我把這些故事重讀了一遍，我仍然為其中許多篇而感動。我覺得同學、家長和老師都應該看看這本書，哪怕不買，也可以到圖書館借閱。不是為這本書的文學價值，不是為捧阿濃的場，而是在看了這本書之後，大家的心一定會變得靠近一些，美麗一些。

迷失的 會織草蜢的男孩

中一班上來了一名新生，清瘦蒼白，很溫順的樣子，眉心靠左邊刻着一道疤痕，給人老是皺着眉頭的錯覺。

我不可以寫出他的真名字，就叫他陳天華吧。我沒有教他的課，認識他是從某天放學後開始。

那天放學後，我步行往地車站，一個喜歡跟我談天的學生與我同行，陳天華見了，加入了我們。他說家在旺角，正好同路。

我們邊行邊談，陳天華隨手掐了路旁一片草葉，用指甲剖開三綹，熟練地編織起來，很快的在他手上出現了一隻草蜢，精緻的肚腹，長長的觸鬚，好像隨時會跳走似的。

我讚歎說：「織得真像，是誰教你的？」

「從前住在鄉下，看見人家織過幾回，便學會了。」

「你肯教我嗎？」我問。

「這草不夠好，待找到好的草，讓我教你。」

他把草蜢送我，我帶回家去，放在案頭，第二天卻已乾了，失去了躍然欲跳的神氣。

此後我跟學生們在校園散步閒談時，天華常常靠近來，像別的孩子一樣，先是拖我的手，後來更拉我的手繞着他的頸項。

好幾個孩子喜歡這樣做，都是失去父愛的小東西。我不吝嗇這種表示親愛的身體語言，有時故意用力箍緊他們，讓他們歡喜地哎呀哎呀的叫着。

終於在一次單獨的談話中，我知道了天華眉心那道疤痕的來由。

他有四兄弟姊妹，姐姐居長，天華排行第二，下面還有一個妹妹、一個弟弟。

幾年前，父親跟母親吵大架。深夜，大家都睡了，母親忽然把他們四個逐一喚醒，叫他們靜靜地不要吵醒父親，她要帶着他們四個逃走。

聽着父親隔房的鼾聲，他們緊張地穿衣、穿鞋。母親已收拾好一個小皮箱，她把最小的弟弟用孭帶背着，一手拖妹妹，一手拿皮箱，開門出去。

可能開門關門的聲音驚醒了父親，他們一出大門，父親便追了出來。走在最後的天華，被父親一手拿住，順手往屋裏一拋，眉心碰在不知什麼家具上，鮮血迸流，昏了過去。到他醒來時，母親正在替他包紮傷口，她的逃走計劃失敗了。

不過後來天華的母親還是走了，獨自一個走了，再也沒有回來。

四個孩子跟着父親生活。父親經常跑到大陸做生意，由大姐負起母親的責任，照料弟妹。大孩子照顧小孩子，當然問題多多。

天華漸漸無心向學，常常跟一班頑皮孩子在市鎮上玩耍，搗蛋生事，愈來愈大膽，有幾次被警察捉了，雖然警誡了事，卻在警方的檔案中留下了指模。

有一次，天華一個朋友的小狗被一架私家車撞死，司機沒有停車，繼續前駛。孩子們在後面窮追，那車終於在交通燈前停了下來。孩子們氣喘吁吁的追到之後，那人不但不肯下車，還隔着車窗玻璃，做了一個猥褻手勢。天華火了，剛巧一架貨車停在旁邊，車上有一批水喉鐵管，他順手拿起一根，照着車門玻璃就是一棍。那小狗的主人，搶過天華手上的鐵管，迎着車頭玻璃打去，砰嘭連聲，碎珠似的玻璃跌得一地都是。兩人丟下水喉鐵管，拚命逃走。

警方事後在鐵管上找到他們的指模，天華被兒童法庭判入社會福利署屬下的男童院。

在男童院裏一年多的生活不算太難過，如果行為良好，導師會帶他們出外看電影作為獎勵，天華看過好幾次這樣的免費電影。

這期間天華家庭的變化很大，父親在深圳做生意時觸犯了中國政府的法律，被判入獄。姐姐跟男朋友感情成熟，宣佈結婚。姐夫是做小生意的，姐姐做了老闆娘，要幫着經營，再不能照料弟妹。

天華從男童院出來之後，無父無母；姐姐又嫁了人，三兄妹無依無靠。幸得慈祥的外婆不忍見三個外孫無人照料，答應收容他們。他們從新界搬到旺角的外婆家中，天華就進入我任教的學校讀書。

天華雖然從男童院釋放出來，仍要守行為兩年，期間要經常見感化官，晚上須留在家中，不得外出，感化官會隨時抽查他是不是遵守感化令……

一道疤痕後面原來有這麼悲哀的故事，每逢他想與我親近時，我的心中便充滿憐惜。

天華在學校的表現不差，可以順利升讀中二。家長日那天，他婆婆到學校來，一位很能幹的老人家，穿得齊整，也很會講話，她感謝老師們對她外孫的耐心教導。

暑假期間，我約天華和另一個孩子到我的村居小住。到了約定的時間地點，天華沒有出現。我打電話到他家裏，他婆婆說為他此行新買了毛巾、牙刷，準備了洗換衣裳，他昨晚卻沒有回家睡覺。我聽了心中不安，怕他又跟從前的朋友混在一起，遲早出事。

新學期開始，開學第一天不見他出現，我有不祥之感。

三、四天後，他回來了，一隻左眼又瘀又腫，陪他回來的是他婆婆。

我問：「你的眼睛怎麼了，跟人家打架啦？」

「沒有，我在街上跟一隻狗玩耍，一個小販忽然走來打我一拳。」

「他為什麼無端打你？」

「不知道。」

「是你們頑皮，阻礙人家做生意吧？」

「或許是吧！」

「你有沒有報警？」

「沒有，婆婆說多一事不如少一事。」

中秋節的前兩天，小息時天華走來對我說：「請我喝汽水好嗎？」

「為什麼？」我覺得他表情古怪。

「從明天起我不上學了，算是為我送別好嗎？」

「發生什麼事？」

「後天我要上庭，感化官說我的機會很微。」

「告你什麼？」

「偷東西，又違反了感化令。」

跟着他告訴我一個相當複雜的故事，起因是一部磁碟遊戲機。這部機在他們一羣出來玩的孩子之間借來借去。阿東借給天華，天華又借給阿炳。阿炳一借便是個多月，阿東追天華，天華追阿炳，阿炳一味借故推搪。

一天晚上，天華在街上碰見阿炳，決定纏住他不放，要把遊戲機追回來。阿炳見無法脱身，說遊戲機放在朋友家裏，叫天華陪他去拿。

到了油麻地一幢樓宇，阿炳叫天華在樓下等候，讓他上去拿機。結果阿炳沒有下來，卻來了兩個青年，二話不說，打了天華一頓，還要他請飲啤酒。

天華說沒錢，兩人挾他到一間便利店門前，叫他進去「拿」點吃的、喝的。

天華說自己不敢做，兩人笑他沒膽，要他在門外接應，不准走開，如果走開，一定打死他。

兩人進去了一會兒，便拿了一包糖出來，塞給天華，又再進去。

這時一個警察出現，查天華的身分證，偏偏他沒有帶。警察搜他的身，找到那包糖。天華說是店裏那兩個青年給的。警察到店裏把他們帶出來，兩人矢口不認，又說不認識天華。天華也講不出這兩人的名字。證據不足，警察把那兩人放了，帶天華到警署落口供，告他高買。

九月一日那天本是開課的日子，他沒有回校，就因為要上庭。審訊結果，法官要看感化官的報告，押後宣判。

不過感化官對天華說，因為他好幾次外出玩耍，不回家睡覺，又惹了許多麻煩，他的報告沒法為他講情，所以凶多吉少，要他作好心理準備要再被拘禁。

「婆婆說，後天是中秋，我卻要再上庭，而且不一定能回家，叫我明天不要上學，為我提早做節，晚上還請我看電影。」天華最後說。

我愛憐地撫摩着他的頭說：「天華，你明天盡情地玩得高興一點吧。」

他忽然幽幽地說：「中秋節，我們一家：爸爸、媽媽、姐姐、弟妹還有我，要分開五處地方……」

我為之黯然，不知說什麼好，到小食部買了兩枝汽水與他同喝，叫他放學之後再來見我。

我把天華的事請教學校社工，對於他的事，社工是知道的，不過他們有保密的責任，所以如非需要，他們是不提的。照社工的估計，因為天華已滿十六歲，這次如被判罰，將送往懲教署屬下的壁屋監獄和沙咀勞役中心觀察適應情況，再根據懲教官的報告決定把他關在哪一處。我聽了以後，心裏更加難過，以天華瘦弱的體格，關在這樣的地方，實在使人擔心。

我又跟天華的婆婆通了電話，她似乎不大相信天華偷東西是被迫的，所以她一直叫天華認罪。談起天華被打腫眼睛的事，原來是天華他們幾個頑童，拾到一個破爛的毛公仔，他們拔了毛公仔的毛，拋到空中讓風吹，吹到一個熟食小販擺賣的食物上，那小販生氣起來才打他。

天華跟我說的話，很可能是把自己的過錯隱瞞了不少，他不是想為自己洗脫罪名，因為我根本幫不了他。或許他只是想我對他保有一個良好的印象，他的婆婆和他的感化官應該比我掌握更多事實。

可是他的婆婆叫他認罪，他的感化官提供足以令他進入監獄的報告，都是基於一點，認為這樣的懲罰會對他有好處。

作為一個教師，我絕對不同意這樣的看法。我總覺得，天華如果能繼續讀書，他改好的機會一定大得多。

放學的時候，天華來了。他送我一個新的膠盒，是裝電工料的零件用的，上面有他的名字。我們每一位教師也有這樣的一個膠盒，是裝粉筆和粉刷用的。我那個已經用了五年，舊了。他把我舊盒裏的粉筆、粉刷換到他的新盒裏去。我明白他的意思，這是他僅有的能夠送給我做紀念的東西。

他要我送一本我寫的書給他，幸好我抽屜裏還有，便送了兩本給他，寫了他的名字和我的名字。我又分別寫了「潔身自愛」和「永遠不要放棄對自己的希望」兩句話在扉頁上。他笑着說謝謝，並沒有多少憂戚的樣子。是不是知道來日大難，還是早已認命？

中秋節的晚上，我打電話給天華的婆婆，問宣判的結果。

「關進去了。」阿婆說。

「哪裏？」我問

「先進壁屋。」

「然後是沙咀？」

「唔。」

我一時不知說什麼好，因為我的心很沉重。

「明天我會去看他。」阿婆說。

「告訴他，我很記掛他。」我說。

「謝謝老師你這樣關心他。」

我靜靜的掛斷了電話。

天華，我真的十分十分掛念你，也十分十分的不放心你如何去面對那嚴峻的「懲教」。到你出來的日子，已無法再來這間學校讀書，但是我到時一定會去尋你。

天華，在我心中，你仍是一個可愛的孩子，是我一位親愛的朋友。你的錯來自大人的錯，雖然你也要負責任，但別人要負更大的責任，可是你卻要承受這麼大的懲罰！

母親離去，父親在大陸坐牢，兒子在香港坐牢，七十多歲的老人要負起替下一代照料兒女的責任，這樣的家庭悲劇，不是電視劇煽情的故事，而是活生生的現實。天華，你年紀還小，恐怕還未完全懂得其中的悲哀。這是不幸中的幸運，還是一種更大的悲哀？

天華，珍重！我為你祝福！

乖巧的
本班最後1個乖仔

沒有人為「乖仔」下過準確的定義，但大家心裏都模模糊糊有個概念，譬如說：

乖仔是穿整齊校服的，跟學校在學期初掛出來給新生看的那套一模一樣，不會故意放闊收窄、拉長縮短，不會在領口、袖口、袋口玩花樣，不會故意選較深或較淺的布料，能夠做到這一點的，本班大概有四分之一。

乖仔是不會無故遲到早退或缺席的。本班的遲到冠軍就住在學校附近隔一條街，他走路上學只需五分鐘，可是一個月起碼遲到十次。最佳的早退方法，是利用一天最後一堂的體育堂（體育堂捨不得不上）。臨下課前，故意把球踢出校園的圍欄外，然後跟約定的同學一齊去對老師說前往「執波」，這一去便可長可短。

至於缺席，當然要有請假信。有一個同學的請假信是以祖母的名義寫的，當然由這個同學代寫代蓋章，因為祖母不識字嘛。學校打電話去問也沒有用，祖母耳朵半聾，滿口鄉音，沒有哪位老師聽得懂她說些什麼。請醫生寫病假紙也不難，只要皺着眉頭說肚痛，起碼可以拿到一天假期。本班完全沒有請過假又不遲到早退的寥寥可數。

乖仔上課是聽書而且守秩序的。不講話，不偷用耳筒聽歌，不吃零食，不看漫畫書，不過位，不做其他科目的功課，大概有八九個。不過其中有兩個經常托着腮睡覺，有一個魂遊太虛，老師叫他的名字也聽不見。

乖仔是自己做功課，測驗和考試之前都會努力溫習的。本班有一半人要抄人家的數學功課，有一半人要抄人家的英文功課，其中不少是兩樣都要抄的。考試出貓的不算多，不會超過四分之一。因為偷看鄰位也同樣不懂，給你看書也不知該翻第幾頁，索性做個誠實的孩子，即使什麼也不會答，起碼可以憑多項選擇題碰碰運氣。

乖仔不會欺負同學，不會把自己的書包給人家背，不會拿人家的汽水硬要喝一半，不會向低班同學的鼻尖虛晃一拳，不會硬拉住怕事的同學不讓他下車要他多搭兩個站，不會強迫別人為他寫罰抄。本班的惡人不算多，大概四分之一罷了。

至於放學之後直接回家不「踎」機舖，不躲在廁所「煲煙」，不到人家學校門外等女仔放學的倒是大多數。

本班三十四個同學，不是犯了這樣，便是犯了那樣，最後剩下一名完全清白的乖仔，他就是陳有禮。

陳有禮的校服永遠乾淨整齊、合乎標準。每個學期開始，訓導主任要告訴新生怎樣才算校服整齊時，總是把他叫到台上去，作為樣板。

陳有禮是上學最早的同學之一，回到學校時，往往校門未開，要在外面等。他從來不曾缺過課，那次感冒發燒，他也帶病上課。

他上課時總是全神貫注，聽到精彩處還微笑點頭。這對老師來説是很大的鼓勵。有些老師索性對着他一人講書，當其他不聽書的不存在。

同學要借他的功課抄時，他總是説：「照抄你不會明白，讓我來教你好不好？」

試舉其中一個同學的反應：「X，趕得及咩？你慳啲啦！」

另一個同學的反應是：「你咁叻教人，唔去做阿 Sir ！」

陳有禮這種「眾人皆醉我獨醒」、「眾人皆壞我獨乖」的表現，早已使許多同學心裏不舒服。雖然大家沒有約定，卻早有人想把這個乖仔「消滅」。

「消滅」的意思當然不是把陳有禮殺掉，而是使他不再是乖仔。

本班從前的乖仔、乖女起碼有十個八個，後來一個又一個的變，最後就剩下一個陳有禮。別人可以變，他當然也可以變。

本班的「機王」李振基跟幾個同學拉陳有禮到機舖開眼界，但見「機王」運指如飛，一下場就打爆機，贏得一片掌聲。大家慫恿陳有禮也試玩，不到一分鐘他就 game over 了。居然沒有人笑他，還鼓勵他說，只要多玩幾次，就會覺得愈來愈好玩。不過陳有禮似乎與機無緣，他與同學們同行，經過機舖時，同學們走了進去，他卻繼續前行。經過一間書店時走了進去，很久也捨不得走出來。

班上一個綽號「大家姐」的女同學生日，她的幾個死黨說要為她搞個生日會。「大家姐」親自對陳有禮說：

「陳有禮，這個星期五是我生日，在我家裏開生日會，你賞不賞面？」

陳有禮覺得沒有理由推辭，便答應了。那天在「大家姐」家裏，有蛋糕，有汽水，但也有香煙和啤酒。「大家姐」還跟她的男友當眾接吻，引來興奮的怪叫。陳有禮乖乖的坐在那裏，吃蛋糕，喝汽水，被香煙熏得想咳。後來大家唱卡拉 OK，陳有禮高歌一曲，大家說他聲底像李克勤，將來可能是大歌星，還約他第二天到卡拉 OK 去玩。陳有禮說要幫表弟補習，推辭了。

有一次學校舉辦暑假前宿營活動，陳有禮跟其他七個同學同房。晚上他洗澡後回房，見七個同學的頭聚在一起，正在看一本什麼畫報。他們一見陳有禮進房便嚷道：

「陳有禮過來開開眼界！」

陳有禮望過去，是一些衣服穿得很少的女人圖片，便說：「我自己帶了雜誌來。」

不久，同學們一個個離開房間，說去買吃的東西，卻把那本什麼《寫真集》放在其中一張牀上。

十分鐘後，他們忽地推門進來。當他們看到那本畫報仍在老地方，陳有禮正在看他的《突破少年》[1] 時，不禁大失所望。

暑假前幾天，老師忙着計算分數，寫成績表，讓同學們自己看書、下棋。

小息後的一節課，班主任 Miss 黃正埋頭計算分數。她心中有數，這次定是陳有禮再考第一，因此她把他的分數先行計算。嘩，平均九十一點五分，真不容易呀！她正在心中盤算要寫一句怎樣的評語給陳有禮。「品學兼優」太老套，「敦品勵學，孺子可教」會不會八股了一些？「出類拔萃，冠於同儕」的確是事實……這時忽然有人舉手喊 Miss 黃，她是班長蘇敏儀。

「蘇敏儀有什麼事？」

「我的 Walkman[2] 不見了！」蘇敏儀很氣憤的樣子，眼圈兒都紅了。

1　是本從青年人的生活出發的刊物，創刊於1979年1月，2000年11月休刊。
2　日本索尼公司（Sony）在 1979 年推出的一個「隨身聽」品牌。

原來這 Walkman 是用不到一個月的生日禮物，她從來沒有帶回校，因為知道今天可以自由活動，便把它帶回來了。許多同學都曾試聽，說音色很優美。剛才小息時因為打乒乓球沒有隨身帶，回來上課時才發現不見了。她希望老師儘快幫她查，免得給媽責罵。本來媽是反對她帶 Walkman 的，她不聽，結果出事了。

Miss 黃問清楚蘇敏儀沒有把 Walkman 帶下去小息，也沒有借給同學。她又勸那些跟蘇敏儀開玩笑，故意把 Walkman 藏起來嚇她的同學把它拿出來，因為玩笑已經開夠了。

可是沒有同學回應。Miss 黃說：

「沒有辦法了，我只得做一件我不願意做的事。請大家自己把書包打開，讓我瞧瞧。」

同學們雖然噓了一聲，卻還是紛紛合作的打開了書包。

這時大家忽然聽見陳有禮情急地站起來說：

「Miss，不知是誰把這個 Walkman 放在我書包裏！」

班上又起了一陣嘘聲，還有人說：「乖仔原來是賊仔！」

「這 Walkman 是你的嗎？」Miss 黃把它拿過去問蘇敏儀。

蘇敏儀點頭說是，不過她又說：「我相信不是陳有禮拿的，恐怕是有別的同學開他的玩笑。」

這時陳有禮突然伏在桌上嗚嗚的哭起來，哭得很傷心。

綽號「大家姐」的女同學跟身邊幾個同學商量了一番之後，站起來說：

「我們幾個同學願意擔保陳有禮，他一定不是這樣的人。他已經是我們班最後一名乖仔，我們不想在學期結束之前，連這個乖仔也沒有了！」

「大家姐」一說完，不知是誰帶頭鼓掌，課室裏響起了一片掌聲。

陳有禮身後的一個女同學，把一包紙巾塞在他的手上。

Miss 黃待大家靜下來之後說：

「誰說陳有禮是我們班最後一名乖仔？在我心目中，我們班上的乖仔、乖女可多得很呢！」

在大家的笑聲中，又響起了一陣掌聲，鼓掌的包括剛抹乾了眼淚的陳有禮。

傻呵呵的 母親的特異功能

電話鈴一響，偉倫就搶在媽媽前面接聽，不小心踩了媽一腳。

媽媽揉着被踩痛的腳趾說：「媽正想到廚房煮飯，不是要跟你搶接電話，你用不着這麼緊張！」

電話裏正是鳳儀的聲音，偉倫無限溫柔地應了一句：「我就是！」同時抱歉地向媽敬了一個禮，又對着電話說：「你等一等，我到房間裏聽。」

偉倫放下電話，走進自己的房間，還要關上房門去聽分機[3]。他關門時，看到母親的一雙眼睛充滿疑惑。

3 需通過總機才能接通電話的通話裝置。

「談這麼久，是誰的電話？」媽看到偉倫一出房間就問。

「同學囉！」偉倫覺得媽很多管閒事。

「你學校哪來的女同學？」

「你怎麼知道是女同學？啊，你偷聽！」

「誰有空偷聽你的電話！看你聽電話的樣子就知道啦！『我就是！』多溫柔！假如是男同學，你定會粗魯的說：『什麼事?!』」媽大概讀書時演過戲，否則不會把兒子的口吻模仿得維妙維肖。

「是小學的同學嘛！」偉倫這個謊倒說得天衣無縫，他對自己的急才也佩服起來。

媽沒有再問什麼，不過偉倫對自己說：「媽太聰明了，以後要防着她。」

「偉倫，你講電話的時間愈來愈長啦，這會影響學業的，讀書要緊呀！」每次偉倫煲電話粥[4]，媽總要說幾句，真煩！

「我們在研究功課嘛！」偉倫說。

有時偉倫趁媽不在，用客廳的電話，假如媽忽然開門進來，偉倫便數學、地理的亂說一通，聽得鳳儀莫名其妙，在那邊問道：「你怎麼了？」

偉倫被迫硬着頭皮繼續亂說，母親卻冷冷的道：「你何必這麼大聲，故意說給我聽麼？」

偉倫一放學回家，眼睛便四處搜索。

「你在找什麼？」

「不找什麼。」偉倫裝作找報紙看，東翻翻、西翻翻。

4 長時間透過電話談天。

「有一封信是寄給你的。」媽一面說一面走進廚房。

「信呢？」偉倫跟了進去。

「在你的書桌上。」

媽一轉身已不見了偉倫的影子。

「媽，我下去買點東西。」十分鐘後偉倫站在廚房門外對母親說。

「買信紙信封呀？」媽一面炒菜一面說。

「這女人真厲害！」偉倫想：「難怪父親這麼怕她。」

「媽，請你順便熨一熨！」

媽正替父親熨恤衫，偉倫拿了一件T恤、一條牛仔褲來。

「平日不見你要熨這些嘛，今天為什麼這樣講究？約了女朋友？」媽説話總是單刀直入，慘在一刀見血！

「我班同學約了一齊去看電影，剛考完試要輕鬆一下。」偉倫解釋。

媽一面替偉倫熨牛仔褲一面說：

「早點回家！尤其是女孩，回家晚了，父母不放心！」

「我又不是女孩！」偉倫裝傻。

「你知道我説的不是你！」媽的眼神很詭譎，看得偉倫不敢再多説。

「媽，有沒有『M[5]』？沒錢用啦！」

「今天才星期三，錢就用光啦？還差兩天才『出糧』呢！」媽的臉色不大好看。

5 M=Money，錢。

每逢星期五媽就給偉倫零用錢，這叫「出糧」。錢不多不少，剛好夠坐車，吃中午飯，買罐汽水什麼的。至於理髮、看電影、買文具都是另外給的。

「就當跟你借，過年有『利是』錢便還給你。」偉倫為母親的吝嗇態度感到不高興。

「我不向人借錢，也不喜歡借錢給人。用錢要有預算，不夠用就別用！」媽的口氣很冷。

「算啦！」偉倫不高興地走進自己房間，嘭的一聲關上門。

有幾個週末和星期天偉倫都不在家，一天説到圖書館查資料做 project，一天説是去釣魚。

偉倫回家的時間都很晚，媽只是叫他到廚房盛碗湯喝，別的什麼也沒問。

跟着來的星期五，偉倫説 project 的資料還未齊備，明天要再到圖書館去一趟。

媽忽然說：

「你別再到麥當勞做臨時工了，因為你沒有賺這筆錢的需要。」

「她怎麼會知道的？」偉倫一時面紅耳赤，不知說什麼好。

「你的制服我都洗好、熨好了，你拿去還給人家。」媽拿出一個紙袋來。偉倫本來塞在牀底的那套上班制服，現在已洗得乾乾淨淨。

一天晚上，偉倫正在跟鳳儀講電話，全家都睡了，屋子裏靜悄悄的。偉倫睡在牀上，電話分機就在枕邊。那邊的鳳儀也躺在牀上，一手抱着布娃娃，一手拿着電話聽筒。布娃娃的名字叫仙蒂;聽筒的顏色是粉紅的。偉倫對這些都知道得很清楚，是鳳儀在電話中告訴他的。

他們談呀談呀，分享着許多有趣的事，也分享着深宵偷偷地聽電話帶來的甜蜜滋味。

時間過得很快，不覺已經是早上兩點了，他們還捨不得把聽筒放下。

忽然一個聲音加了進來：

「孩子們，你們明早還要上課呢，不要再談啦！」

跟着是「確」的一聲。

「誰？」鳳儀在那邊問。

「媽。」偉倫覺得自己很丟臉。

「她可有聽到我們說什麼嗎？」鳳儀似乎有點擔心。

「相信她不會這樣不道德吧？」偉倫嘴裏這樣說，心裏卻有點發毛。想起自己剛才說了那麼多的傻話，耳朵不覺發燒了起來。

偉倫把制服退還給公司，不再做臨時工了。兩天的工資要下個月才付。幸而媽媽加了一點零用錢，跟鳳儀逛街時買點小食還是夠的。

不過偉倫跟鳳儀吵架了，男孩跟女孩吵架，稀鬆平常，原因有一千零一種，可是倒有九百九十九種是小事，不值一提。總之他們起先在街上吵，鳳儀賭氣地跳上一部小巴。偉倫本想追上去，司機卻說滿座了。偉倫回家打電話給鳳儀，兩人又在電話裏吵了十五分鐘，最後是鳳儀哭着摔了電話。

偉倫差不多立即感到後悔，卻遲疑着不敢再打電話過去。

媽買菜回來，偉倫曲着身子在牀上抱頭而睡，連球鞋也沒有脱，媽便輕輕替他蓋上被。

晚飯時偉倫胡亂扒了一碗飯，一句話也不曾說過，便躲進了房間。

第二天是星期六，母親叫醒偉倫吃早餐。

吃早餐的時候他還是神不守舍，呵欠連連。

「昨晚睡得不好？」

「唔。」

「今天在家吃午飯嗎？」

「在。」

「真難得！」媽不知是在讚許還是諷刺。

「考試之前吵吵架也是好的，大家可以專心讀書。」媽説着把碗捧進了廚房。

「又給她看出來了！」偉倫覺得渾身不自在，在母親面前，他覺得自己不只赤裸裸，簡直是透明的。

不過「冷戰」很快便結束，鳳儀先打了電話來，昨天吵架的事一句也沒有提，卻談起考試溫習的事來。

「媽……」偉倫站在廚房門外，媽正在洗菜。

「又決定不在家吃午飯了？」

「唔，我剛約了同學一齊溫習。」

「還想拿點『M』是嗎？」媽學他把錢説成M，「我手濕，你自己在我錢包裏拿。」

「媽，你真『醒目』！」心情輕鬆的偉倫不禁在媽臉上親了一下。

「我『醒目』，你也要『醒目』一點才好。希望你真的好好溫習，不要使我失望！」

「放心啦！」偉倫幾乎是舞蹈着出門的。

這次考試，偉倫的成績有進有退。

他跟鳳儀都選讀的科目，明顯地進步了；單是他自己選讀的科目卻退步了。這也難怪，為了幫鳳儀溫習，他花了不少工夫，單是自己選讀的科目，溫習得就比較馬虎。

考試之後，偉倫說同學家裏髹漆，請他幫忙。

「是哪一個同學？」媽的目光如電。

「你……你不認識的！」偉倫本想說是鳳儀，不知怎的，還是忍住了。

一共做了兩天，工程便完成了。偉倫早出晚歸，回來時一身的油漆，十分的疲倦，心情卻很愉快。在浴室洗澡時，引吭高歌，惹得籠裏的八哥也跟着唱。

第三天的晚上，鳳儀的母親請偉倫去吃晚飯，算是答謝這個「師傅仔」。

偉倫對母親說同學的家人請他吃晚飯，媽也沒有多問，只是準備了一套偉倫穿起來最「醒目」的運動衫，熨得好好的放在他的牀上。

偉倫回到家裏時候尚早，鳳儀父母對他的讚賞使他心情愉快，很想有人分享。這些日子父親為了做生意，常常出差到大陸去，家中只有母親。

「媽，你猜人家送了什麼給我？」偉倫把手上包得很漂亮的一份禮物一揚。

「計數機。」媽一瞥那份禮物，隨口說了出來。

「你怎麼知道的？」偉倫想不到媽的猜測力這麼厲害。

「媽有特異功能，你不知道嗎？」

「我不信！我要你再猜！」

「好，你問呀！」

「他們煮了些什麼菜？」

「唔，讓我想想看。」媽閉着眼，好像正在運功。

「唔，我看到了！有茄汁蝦碌，有中式牛柳，有豉油雞，都是你喜歡吃的！」

偉倫的眼睛睜得老大，「咦，你怎麼真的知道？你再猜猜飯後我們吃什麼水果？」

母親又閉上了眼睛，很努力的樣子，「唔，我又看到了，是鴨嘴雪梨！對不對？」

偉倫驚奇得說不出話來。他想：「原來真有特異功能，而且自己的母親就有！怪不得什麼事都瞞不了她，真糟糕！」

當偉倫在浴室洗澡時，他母親正跟鳳儀的母親通電話。

「那傻孩子還以為我有特異功能呢！他不知道我們曾經通過電話，我已經把一切問得清清楚楚。看他以後還敢不敢說謊騙我！」

那邊鳳儀的母親一面聽，一面笑。最後說：「偉倫的確很乖，真的做我女婿，我也願意！」

「喂，外母見女婿，口水也流下來啦！孩子們的所謂愛情，哪作得準！只要他們不過分沉迷，影響學業，我們也不必太緊張。」

「多留心一點，給他們適當的指導，怕不會有什麼大問題。其實我們自己何嘗不是這樣過來的？」

偉倫和鳳儀都想不到，他們的母親原來是中學的好同學，只是有一個時期斷了來往。有一次鳳儀的母親幫女兒寄信，發現偉倫的地址很熟悉，才又聯絡上了。

這就是母親「特異功能」的秘密。

HELP ME!

委屈的 大件事

碧君每天早上搭巴士上學總會買一份報紙，報紙檔就在巴士站旁邊，看檔的是一位老伯。

這老伯做生意很會巴結，也可以說他很有服務精神。例如他準備好一份份的零錢，不論你給他一張十元紙幣或是一個五元「大餅」，他都可以立即找贖給你。而且只要你幫他買過幾趟報紙，他便會記得你是某報的讀者。你往他報紙檔旁邊一站，不用開口，他已經把你想買的報紙遞給你。這對那些趕着上車的乘客來說，是莫大的方便。因為只要慢一秒，就可能要多等十分鐘的車。

因此，碧君也成為這位老伯的老主顧。

不過阿伯人雖精明，卻也有做錯事的時候。這一錯不打緊，卻幾乎害得碧君蒙上不白之冤。

那天碧君照例幫阿伯購報，卻見新一期的《突破少年》已經出版了，便對阿伯說要一本。這時巴士剛好到站，幾個年輕小夥子也匆匆趕來買報，要這又要那，阿伯一時應接不暇。碧君的手伸向阿伯，眼睛卻看着車門。報紙一到手，把它往脅下一夾便匆匆上車。車上已沒有座位，碧君把報紙連夾在裏面的雜誌一摺，放進了書包。

今天的第一節是週會，訓導主任陳太談到不良刊物的問題。

她說本校是很有校譽的教會學校，而且是女校，同學們個個都自重自愛，不會購買那些不良刊物。

「不過，」她補充說：「可能你們的家人，有些自以為思想開放，買了一些兒童不宜觀看的成人刊物回家，說不定會引起你們的好奇心，偷偷地拿來看。看了一期又一期，就會毒害了你們的思想。」

「所以，」陳太嚴肅的目光從眼鏡底下直視全體同學說:「你們要壓制自己的好奇心，不要讓不堪入目的東西污染了你們的眼睛，更污染了你們的心靈！」

週會之後，大家沿着長廊走回課室。

「喂，阿薇，記得不要再偷看你哥哥的 "Playboy" 囉！」翠芬對阿薇眨眨眼說。

「還說呢，你們那天大家搶着看，差點把書都撕爛了！」阿薇故意反唇相稽。

「阿薇，我們可沒有看過啊。你幾時帶幾本回來開開眼界？」冰冰開玩笑地說。

「好呀，頂多大家齊齊記大過！我無所謂。阿爸可以看，阿哥可以看，為什麼我不能看？就算我被記大過，也是給他們害的！我這個純潔的少女，被他們毒害啦！讓他們內疚去吧！」阿薇故作不平地說。

「聽説那些圖片是很猥瑣的，爸爸一面看一面搖頭。」碧君説。

「哈，原來你爸爸也是好此道的，想不到呀，他不是教書的嗎？」冰冰像聽到什麼奇聞怪事。

「他是一個什麼反色情刊物委員會的成員，他要研究這些不良刊物的內容，『將』出版商的『軍』！他也是被迫看的，他一面看一面不停的罵：豈有此理！豈有此理！」碧君模擬着父親的語氣説。

大家一面説着一面走進了課室。

班長翠芬叫大家把家課本子交出來，包括數學本子和地理筆記。

碧君嫌那份報紙妨礙她找家課本子，便順手拿了出來。誰知「啪」的一聲，報紙裏面夾住的一本雜誌掉在地上。碧君忙着尋找地理筆記，也不急着拾，卻聽到好幾個同學「嘩」的一聲。

碧君低頭一看地上，不禁羞得滿臉通紅。地上那本雜誌，竟然不是《突破少年》！封面上的女人，差不多沒有穿衣服，擺着淫蕩的姿態向人癡笑，正是一本不良刊物。

碧君尷尬得不知如何是好，雜誌已被手快的阿薇拾起來，一塞塞給冰冰說：

「嗱，給你開開眼界啦！」

冰冰拿在手上一瞥，古怪地對碧君笑道：

「這就是你爸爸一面看一面說豈有此理的雜誌？」

碧君又羞又急，一把搶回來說：

「是報紙檔的阿伯拿錯了給我，我本來是買《突破少年》的嘛！」

她正想把它塞進書包，卻又被頑皮的阿薇一手搶了去，一面打開來看一面說：

「機會難得，你們不敢看，我看！」

一下子幾個頭擠了過去。別以為他們是受着嚴格管教的少女，這樣的年紀，誰沒有幾分頑皮？

阿薇每打開新的一頁，大家便「嘩」的一聲。人圈外的碧君急得不知如何是好，只是嚷道：

「你們別看了！你們別看了！ Miss 就來啦！」

「看你們吵成什麼樣子！你們不知道現在是上課時間嗎？」出現在課室門口的，不止上這一節課的 Miss 李，還有表情嚴肅的訓導主任陳太。

大家飛快地一哄而散。阿薇雖然手快，把那本雜誌塞進了抽屜，還是沒有逃過訓導主任的眼睛。

她走進課室，站在阿薇面前說：

「拿出來！」

阿薇的臉刷的白了。

阿薇把雜誌拿了出來，陳太和 Miss 李的表情一下子都變得十分難看。

「是誰帶回來的？」

阿薇低頭不答。

「是誰？」陳太憤怒地提高了聲音，她平日雖嚴肅，同學們卻很少見她如此動火。

「是我……」碧君又羞又怕，哭着站了起來：「是……是賣報紙的阿伯拿錯……拿錯了給我的……」

「你們兩個都跟我來！」陳太餘怒未息，轉身便走。

同學們心想：「這次大件事了！」

過了很久很久，阿薇和碧君才回到課室來。阿薇氣鼓鼓的，碧君的眼睛卻已經哭得又紅又腫。

「怎麼樣啦？」連上兩節課的 Miss 李關心地問。

碧君不答，伏在桌上哀哀地哭起來。

阿薇說：「陳太不相信是賣報紙的阿伯弄錯，要碧君的爸爸來學校談談這件事。她說，如果查出是故意帶不良刊物回校，要記大過。」

這時碧君忽然帶淚抬頭，大聲嚷道：

「我情願死也不叫我阿爸來學校，他會因為這件事被氣死的！」說罷又伏在桌上嗚嗚地哭起來。

Miss 李走到碧君身邊摸摸她的頭說：

「傻孩子，真相總是可以弄清楚的，不要難過。」

這時小息的鐘聲響了，Miss 李宣佈下課，要阿薇跟她去談談。同學紛紛圍到碧君身邊，安慰的安慰，遞紙巾的遞紙巾，碧君卻愈哭愈傷心了。

大家都替碧君難過，也想到碧君的爸爸會很難堪。就算碧君回去不叫父親來，學校也會直接打電話請他來學校的，他老人家恐怕難免一番羞辱。

第二天上午十一點鐘左右，一個六十來歲的男人來到這間學校，求見訓導主任。

不久，訓導主任派校工到課室叫碧君和阿薇。

當兩人回到課室時，都臉上帶笑。

同學們紛紛關心地問，究竟怎樣了？

恰巧又是 Miss 李的課，似乎她也很關心事情的發展，就叫阿薇向大家報告一下。

阿薇清了清喉嚨說：

「我們走進訓導處的時候，賣報紙的阿伯已經來了，陳太正在教訓他。」

阿薇學着陳太的語氣，又學她從眼鏡底下嚴肅地看人的樣子說：

「香港有許多報紙雜誌可以賣，你們又何必賣不良刊物毒害青少年呢？」

「除非是傻瓜，才會聽她的！」冰冰說：「阿伯又不是她的學生！」

「哈，你可猜錯了！阿伯說，這次不小心拿錯了雜誌給這位妹妹，害得她被學校責怪，使他心中十分不安。他也覺得這些『鹹濕書』害人子弟，決定以後不再拿回來賣。陳太很高興，還跟阿伯握手呢！」阿薇表演兩人握手的姿態引得大家笑了。

「阿伯怎麼會來的？碧君，是你叫他來的嗎？」翠芬問。

碧君說：「我擔心死了，心裏亂得很，哪裏還想得出什麼辦法？」

「那麼一定是阿薇了！」有人說。

「這是一個秘密！」阿薇說的時候，對Miss李頑皮地眨一下眼，Miss李也頑皮地對她眨眨眼。

So beautiful!

清純的 那一朵玫瑰

她放學回家，雖然帶了門匙，卻故意去按門鈴，希望母親繫着圍裙前來開門。門一開更有撲鼻而來煮菜的香味，然後母親說：

「壽星女回來了，看媽媽為你煮了什麼菜！」

可是門鈴響了又響，清楚地告訴她：家裏一個人也沒有。

她從書包裏掏出門匙，沒情沒緒地開門進屋。一陣風從忘記關上的一扇窗子吹進來，她打了一個寒噤，覺得家裏比街上更冷。

她開了燈又開了電視，讓這個家比較像家，起碼有光，有人的聲音。

母親跟父親劇烈的爭吵過幾次之後，父親便一怒而去沒有回來，算起來也快一個月了。母親的性子十分倔強，至少不曾見她哭過，只是樣子愈來愈憔悴，臉上是一個不變的表情，總是雙眉深鎖，緊緊地抿着嘴唇。

他們都在痛苦的感情中掙扎着，因此誰也沒有記起女兒生日，是一點也不奇怪的事。

這時電話鈴響了，是媽媽約她吃自助餐嗎？哪怕麥當勞也好。她連忙拿起了聽筒——「媽今晚要加班，你自己上街買個飯盒吃……」

「但是……」

「阿女乖，媽一下班就回來。大個女啦，自己學會照顧自己啦……」

電話「確」的一聲掛斷了，她呆呆的站在那裏。

在廚房裏找到一包即食麪，她煮好了對着電視機吃。畫面上一位富家小姐正開生日會，一個很大的蛋糕上插了十多枚蠟燭，親友們一同唱生日歌……

這時電話又響起來了，是媽媽終於記起了她的生日？

「喂——」一把羞怯的男孩子聲音：「請何麗敏聽電話。」

「我是。你是誰？」

「我是李樹良。」原來是同班的一個男生。

「有什麼事嗎？」

「祝你生日快樂！」

「你怎麼知道的？」

「那次我拾到你的錢包，打開來看到你的身分證。」

「噢，你偷看人家的秘密！」

「我不是有意的，我想知道錢包的物主是誰，打開來找證件，無意中看到了你的出生日期。」

「那是上個月的事了，你還記得？」

「因為你的生日很容易記，我一下子便記住了。你今天怎麼慶祝？」

「大排筵席囉！」

「那一定很熱鬧了，切了蛋糕沒有？」

「就是等你送嘛，你還不快點送來？」

「說真的，你今天生日開心嗎？」

「開心，我剛才煮的即食麪很好吃。」

「……」

當麗敏來到約定的地點時，李樹良已經傻傻的站在那裏。

他一見麗敏，放在背後的手伸了出來，一朵半開的紅玫瑰遞到她手上。

「祝你生日快樂！」

「謝謝！」

麗敏把視線從玫瑰移向面前的男孩。他也正在看她，那眸子裏閃耀着一種説不出來的光芒。麗敏臉兒一紅，不覺垂下頭來，視線又再移向玫瑰。

「很漂亮！」

「是我自己種的。」

他們在尖東海旁來回走了一趟，連手指尖也沒有碰一下就分手了。麗敏要在母親回家之前返到家裏，她不許李樹良送她，怕在家的附近碰見什麼多管閒事的人。

她在廚房裏找到一個空汽水瓶，洗淨了就把那朵玫瑰插在裏面。

她坐下來細細看着玫瑰，玫瑰散發着微微的幽香。

她心中忽然感到一陣幸福，從今天起，她知道世上多了一個關心她的人，在沒有人記得她的生日時，會送她一朵親手栽種的玫瑰。這種幸福感愈來愈濃郁，直至脹滿了整個心胸，最後她竟一聲嗚咽，嗚嗚的哭了起來，連她自己也不清楚，是因為歡喜，還是因為悲哀。

是五年前的事了，那年她才讀中三，如今她是大學一年級生，住在學校宿舍裏。

爸媽已正式離婚，媽除了上班之外，也會跟左鄰右里打打小牌，情感的傷痛漸漸結了疤，日子過得平靜。

大學卻是一個完全不同的世界，老師的態度不同，學習的方法不同，同學間的關係也不同。

那時在中學，有哪一個男孩和女孩之間發生了愛情，就好像有一種犯罪感，總是把它當做一種秘密，能瞞多久便瞞多久，尤其是在麗敏就讀的學校裏，風氣特別保守的。進了大學，大家忽然覺得自己不同了，是大人了，連老師也把他們當作大人，以平等的、尊重的態度對待他們。許多事情他們可以自己作主了，而結交異性朋友，談戀愛，都是理所當然、光明正大的事。

麗敏發現有好幾個男同學喜歡她，老在她身邊轉，用這樣那樣的藉口來找她，爭取每一個機會跟她接近。她有什麼要做的，自然會出現一羣「義工」；她有什麼想要的，自然會送到她的手上。在她的生命中，從來不曾有這麼多的人討她的歡喜和寵她。她有一種醉的感覺，雖然有時也會覺得煩。

她照鏡子的時間比以前多了，她知道自己的皮膚是多麼白，頭髮是多麼黑，眼睛是多麼亮，鼻樑是多麼直，嘴唇是多麼好看……

她不急着要一個固定的男朋友，她覺得這些男孩各有各的優點，她喜歡他們每一個，卻不特別鍾愛其中的一個——或許最好的還不曾出現。她也不想在選擇了其中一個之後，其他的不再對她這麼好。

在無意間跟同房的女生閒談時提起自己快要生日，一個派對自自然然便為她搞起來了。有蛋糕、有蠟燭、有生日歌，女同學輪流吻她，男同學也想這樣做，卻被她堅決拒絕了，只答應跟他們輪流拍照。

她收到不少禮物，最多的是玫瑰，有紅的，有黃的，也有粉紅的。五個男孩子，有人送一打，也有人送十九枝——因為她今年十九歲，總數是八十一枝。有那善頌善禱的說：九九八十一，正是長長久久的好意頭。

派對總是要散的，同房的女同學回家去了，因為第二天是假期。麗敏獨自留在房間裏，對着那一瓶瓶的玫瑰——同學們把自己房間裏的花瓶都借來了。

玫瑰花靜靜地立着，散發着各自的芬芳，似乎太濃郁了一點。她打開窗戶，外面有滿天燦爛的星光，噢，多美麗的一夜！

她深深吸入一口涼氣，記憶忽然出現了尖東海旁的那個晚上。李樹良，三年前他已經到澳洲升學去了。起初他們還時常通信，後來他一家都移民去了那邊，友誼只剩下一年一張的聖誕賀卡。

「長長久久！」世上有沒有這樣的事情？她腦海中出現了那朵玫瑰，她這一生第一次收到的那朵玫瑰——

「很漂亮！」

「是我自己種的。」

她彷彿又聽到那一晚自己的嗚咽聲……這一朵玫瑰，將永遠在她心中，雖然今天晚上有八十一朵陪伴着她，但沒有一朵能像那一朵般帶給她永恆的回憶。

好仰慕的
老老師的第一課

Miss Lee 昨天上了最後一課。她哭，全班的女同學也跟着哭，不少「流血不流淚」的男同學都紅了眼睛。

Miss Lee 年輕，漂亮，學問好，人又活潑，她教這班中文科兼任班主任，其他班級的同學誰不羨慕！

可惜好景不常，Miss Lee 全家移民澳洲，將由一位新老師來代她的課。

新老師還沒有來，大家已經不存厚望，因為像 Miss Lee 這般合意的老師實在太少了。

可是事情似乎比大家想像的還要糟。一天，校長陪同一位老先生走進了課室。

這位老先生的頭已經禿了，架了一副老花眼鏡，沒有留鬍子，卻有長長的白眉毛。

愛看武俠小說的李立志立刻輕聲對旁邊的謝歡顏說：「白眉道人！」

校長說：「各位同學，Miss Lee 離開了我們，但我們十分幸運，請到老老師代她的課。老老師學問高深，經驗豐富，有他來教你們，是大家的福氣，讓我們鼓掌來歡迎他！」

校長說着就自己帶頭拍起手來，同學們的掌聲卻很零落。大家實在太失望了！

校長離開課室之後，這位老先生用粉筆在黑板上寫了三個字：老鎮波。

他說：「讓我先來介紹自己一下，我叫老鎮波。」

李立志又對旁邊的謝歡顏說：

「我起先還以為他年紀老，所以校長叫他老老師，原來他真的姓老，我們應該叫他老老老師才對。」

老老師繼續說：「我小時候喜歡踢足球，最拿手是用頭來頂球。不過有一次球沒有頂着，卻頂着了一個球員的頭，兩人都暈了過去，要送去醫院檢驗。醫生說恐怕腦部受了震盪，要我們留院觀察。從此同學不叫我老鎮波，叫我腦震盪。」

有幾個同學聽到這裏，忍不住笑出聲來。

李立志又對鄰座的謝歡顏說：

「這白眉道人倒很風趣。」

老老師跟着說：「今天我們初次見面，讓我們首先互相了解一下。你們有什麼問題想問我嗎？」

李立志第一個不客氣，故意裝作口吃說：

「老老老師，人家稱呼你太太是不是叫老太太？」

大半班的同學都哄笑起來，老老師也笑着說：

「她跟我結婚的時候才二十四歲，立即成為老太。如今她跟我都真的老了，人家叫她老老太。」

老老師一說完便問李立志：

「你叫什麼名字？讓我認識認識！」

李立志站起來回答。老老師說：

「『志不立，天下無可成之事。』這是中國哲學家王陽明說的。好名字！你呢？」老老師指一指旁邊的謝歡顏。

謝歡顏也站起來回答。老老師說：

「『安得廣廈千萬間，大庇天下寒士俱歡顏！』這是杜甫的〈茅屋為秋風所破歌〉裏的一句，上面有你的名字。杜甫自己的屋子被風吹破了，整晚漏雨，他希望的卻是天下所有窮人都有房子住，多偉大的胸襟！」

他一面說一面把那兩句詩寫在黑板上，字體漂亮極了。

「還有別的同學有問題嗎？」

「老老師，你今年多少歲？幾時退休？」坐在謝歡顏後面的龍城將問道。大家都覺得這條問題有點不禮貌，可是老老師一點都沒有生氣。

他說：

「我今年六十一歲了，其實我已經退休，只因貴校在學期中間很難請教師，校長就請我來暫代一下，橫豎我也閒着。」

「老老師，我們學校門前的斜路，又長又斜，你走上來吃力嗎？」坐在最後的萬里浪問。

「我每天早上晨運，走一段三百五十九級的階梯，這條斜路還難不倒我。」

老老師又問了龍城將和萬里浪的名字，同學們搶着說：「一個叫九龍城辣椒醬，一個叫萬里望花生。」

老老師說：「好名字！都有出典。」

隨手寫了兩行文字在黑板上：

「但使龍城飛將在，不教胡馬度陰山。」

「願乘長風破萬里浪。」

他說第一行是唐朝王昌齡的詩。龍城飛將指的是漢朝的大將李廣，姓龍而取這個名字，很巧妙，又很有氣勢，取名字的一定很有學問。

龍城將驕傲地說：

「我的名字是爺爺取的，他曾經做過軍官。」

老老師又說：

「第二句是南北朝時代一個叫宗慤的少年說的，人家問他的志願，他說：『願乘長風破萬里浪！』」

萬里浪說：

「我爸爸是船長，所以替我們取的名字也跟海洋有關。」

老老師說：「好了，我的記性不好，第一課先認識四位同學，以後每天認識四位，十天之後，我們就完全互相認識了。今天我們要學習的第一課書是〈岳飛的少年時代〉。原來岳飛的名字，也有它的來歷，請大家打開課本第六十五頁……」

這時李立志又輕聲對謝歡顏說：「這白眉道人似乎很有學問。」

老老師講書時偶然提及岳飛寫過一首詞，詞牌是〈滿江紅〉，後來有人把它譜成了歌，成為一首有名的藝術歌曲。忽然有人提議老老師把這首歌唱給大家聽，老老師也不推辭，就用渾厚的男中音高歌一曲，大家熱烈地鼓掌，掌聲比校長叫大家拍手時響亮得多了。

老老師說：

「岳飛少年時候，家裏很窮，可是他人品好，又有志氣，所以他的老師才那麼盡心栽培他，使他成材。而岳飛對他的老師也很尊敬，老師死了，每逢初一十五，他都到老師的墓前拜祭。這樣的師生關係真是難得。」

他又說，他曾經認識一個學生，家境十分困難，沒有錢吃早餐，因為飢餓幾次暈倒在學校裏；也沒錢搭車，每天都是步行上學，可是他從不遲到。他的成績很好，年年都考第一。讀完了中三，因為沒錢交學費，家人叫他停學當學徒，他的一位老師覺得這樣很可惜，就幫他交學費、買課本，說服了他的家人，讓他繼續讀下去。後來他替人補習，半工半讀，終於完成了大學課程。

一個同學問：

「老老師，你在說故事麼？真的有人窮得連買麪包的錢也沒有麼？」

老老師嚴肅地說：

「我不是說故事，那時候香港的窮人多得很。這位苦學生畢業之後，做了一間中學的校長。他設立了獎學金，專供家庭有困難的學生申請。他說：要用這樣的方法來報答老師對他的恩惠。這位校長的名字叫張立羣。」

「他不就是我們的校長麼？」好幾位同學不約而同地說。

老老師點點頭。

「那位出錢幫窮學生交學費、買書的老師，是不是你？」謝歡顏來不及舉手便站起來問，這也正是許多同學想問的問題。

這時下課鐘響了，老老師沒有回答謝歡顏的問題，只是說：

「今天我們上了愉快的一課，希望我們下次一同學習得更好！」

躁動

Sex

Sex 豐滿

Sex

柔軟

Sex

Sex

興奮

sex

Sex

Sex

Sex

躁動的
小色狼

阿文時常跟父親一同到外面租錄影帶[6]，每次租兩三套，有時是父親出主意，有時是阿文出主意。碰上父親生意比較忙，沒有時間去租錄影帶時，就任得阿文自作主張。

阿文最喜歡看的是笑片、武打片和恐怖片，他父親卻會租一些有「III」標誌的成人電影。父親房間裏有自己一套錄影機和電視機，阿文知道他要到深夜才看，看過之後把錄影帶鎖在抽屜裏。

從那些成人錄影帶盒套上的圖畫，阿文已經知道這是一些色情電影。在他讀小學的時候，看到類似的畫面，會覺得很肉

6 用於錄製、播放活動影像及音樂等，一般以錄影機來錄製和播放。

麻，很罪惡，但隨着年齡的增長，他已經是一個中三學生了，漸漸對這一類圖片感興趣，並且愈來愈渴望有機會看看內容。

這次他跟父親一同去租帶。父親揀了一套《異形》之後有事先走，阿文另外揀了兩套拿去登記，其中一套是有「III」標誌的。阿文的心怦怦的跳着，不過店員見阿文是熟客，而且跟父親同來，登記的時候什麼也沒有說。

阿文回到家裏，母親去了打牌，家中只有他一人。

他把那套成人電影放進了錄影機，手心緊張得冒汗。

看了一小半，他的下體開始勃起，並且有黏液分泌，感覺內褲上有點濕。

這時門鈴響了起來，他猜是隔鄰的安仔，但為了小心起見，他還是先把錄影機關掉。

安仔是阿文家的熟客，他習慣了做好功課後就過來看戲。進來的果然是他，一進來就老實不客氣的把手指往錄影機上一按。

兩個人很快便投入電視熒光幕上大膽得使他們震驚的性表演。看完之後，大家都耳朵發燒，要到冰箱裏拿冰水喝。

這天晚上阿文做了一個荒唐的夢，在一種又興奮、又害怕的感覺中醒來，發覺內褲黏黏滑滑的濕了一大塊。他到廁所把褲子洗一下，就塞進要洗的髒衣服堆裏，另找一條乾淨內褲穿上。再睡到牀上時，才發現牀單上也有冷冰冰的一塊。

阿文又租過幾套Ⅲ級電影，安仔差不多每天都過來看。

安仔還帶了幾本成人雜誌過來，是從他同住的二叔牀底下拿出來的，牀底下有兩個大紙皮箱，放的全是這類雜誌。

兩人看完了錄影帶便看雜誌，直到阿文的母親回來煮飯，才匆匆忙忙的收好。

有一次阿文正在做功課，安仔忽然打電話過來，叫阿文過去。阿文問他什麼事，安仔壓低聲音神秘地說：「有好看的！」

阿文到安仔家去，安仔一下子就把他拖進房間，房間下了百葉簾，沒有開燈。

「喂，神神秘秘的，搞什麼鬼？」阿文問。

安仔撥開百葉簾的一條膠片，叫阿文過來看。

阿文從百葉簾的空隙中望過去，見對面樓的一個房間，一個女人正對着梳妝枱的鏡子化妝，上身卻是赤裸的……

阿文吞了一口唾沫問：「這女人是什麼人？」

安仔鄙夷地說：「雞！」

最近阿文發覺自己對穿低胸衣服和短裙子的女人愈來愈感興趣，有時在街上碰見一個，就緊盯着，甚至跟在她後面跑一段路，看人家的大腿。

他不但貪婪地看那些身材豐滿的女子，腦子裏還想像她們不穿衣服的樣子。

有時他也覺得自己很壞，可是他總是沒法禁止自己這樣做。

早上的地鐵擠得很厲害，偶然他與一些女人擠得貼在一起，嗅到他們身上的香味，感覺到她們身體的柔軟豐滿，就感到興奮。

也不知從哪一天開始，他開始選擇對象，故意擠到她的身邊去，享受那十來分鐘與異性接觸的奇妙感覺。

這天，他的身邊是一個身體略胖的女人，她穿了一件很緊的黑色低胸 T 恤。阿文忽然有一個衝動，要在她脹鼓鼓的胸上碰一下。

這種有意無意間的碰觸，阿文已經試過好幾次。

車子到站了，要下車的乘客開始往外擠，他兩手伸前，裝作推開前面的人，手指伸向……

「豈有此理，你想非禮呀！」那女人一手拉着他的書包，想跟他理論。阿文已擠出車廂，死命把書包往回扯。在車門快關上之前，那女人把手一放，阿文連人帶書包跌在地上，書包的活動扣鬆了，一些書籍和文具散跌在地上，其中一本是成人雜誌。

阿文面紅耳赤的爬在地上撿拾時，一對女人的腳站在他身旁。

阿文抬頭一望，臉羞得更紅了，原來這女人是他的表姐。

表姐的臉色很不好看，阿文鬼鬼祟祟的把那本成人雜誌往書包裏塞。

「拿來！」表姐把手伸向他，語氣充滿威嚴。

表姐在一間青少年輔導機構服務。她讀書成績很好，曾經做過阿文的補習老師，對阿文的要求很嚴。後來她工作了，再沒有時間替阿文補習，到現在阿文仍然有點怕她。

阿文還在遲疑的時候，表姐說：

「剛才車廂裏的事情我看到了。」

阿文的腦子嗡的一聲，把頭垂得很低很低，把那本雜誌拿了出來。

「表姐，我求你不要告訴爸爸……」

「這個星期六上午你不用上課，到我們中心來一趟，我有話跟你說！」

阿文頹喪地點點頭。

星期六阿文去見表姐，猜想準被她痛罵一頓，所以臉上很不自然。

表姐的臉色倒還平和，且沖了一杯牛奶給他，還請他吃餅。

然後放了一套錄影帶給他看，是講青春期的生理和心理的，雖然有點悶，卻解答了阿文心中不少疑問。

看完錄影帶，表姐問阿文有什麼問題沒有。阿文搖搖頭，就算有問題，也不好意思問呀！

表姐說：

「青春期的青少年對性好奇，是很平常的事。可惜他們往往從色情書刊、色情錄影帶中找尋答案，而這些色情製作總是故意把性誇大和渲染，給顧客感官的刺激。結果青少年從中獲得的，是被扭曲了的假知識和不正確的觀念。這種刺激還會像毒癮一般，使受害者愈陷愈深，不能擺脱。這是很危險的。」

阿文想：我的「毒癮」是不是愈來愈深了？

他想起那次在地鐵發生的事，如果人家真要跟他計較的話，他可能已經被起訴，要上兒童法庭了。想到這裏，他額上不禁汗涔涔的。

臨走的時候，表姐借了幾本書給他看，是有關青少年品德教育的，還有好幾本小說和漫畫。表姐希望他多看，並且說：

「希望你多看好書，因為我們的腦袋，不裝好東西的時候，壞東西便會乘虛而入。看完了如果有興趣，過兩個星期再來借。」

這天阿文在家裏看書時，電話響了。

「喂，有好看的，快點過來呀！」是安仔故意壓低了的聲音。

「不……不來了。」阿文遲疑了一下說，「你也別偷看人家呀，當心生眼挑針[7]！」

過了一會兒，安仔按門鈴過來了。

7 俗說看了不乾淨的東西，會生「眼挑針」(又名「麥粒腫」，是一種眼皮腺體的炎症)。

「今天有什麼好看的？」

當他發現阿文不是看錄影帶卻在看書時，失望地嚷道：

「阿文，你信了耶穌，改邪歸正麼？」

阿文正經地說：

「我怕我再看下去，會變成小色狼，所以決定戒了。」

「你戒得了嗎？」安仔不大相信。

「還不知道，但是我會努力。安仔，你也要戒，因為再沉迷下去，實在太危險了。」

「這些書好看麼？」安仔翻看阿文的書。

「好不好看要你自己看過才知道，我借一本給你，你回家慢慢看吧。」

「也好！」安仔說，「其實那些東西，多看了也會厭！」

「假如你覺得這本書好看，我可以再向表姐多借幾本。」

「唔，再看看吧，我回去啦！」安仔說完就走。

阿文覺得自己剛才沒有跟安仔一塊去偷窺，是一種勝利，相信自己可以不做小色狼了。

No!
No!!

無助的
爸做錯了一件事

爸爸媽媽吵架我是知道的。

他們吵架多在晚上，聲音壓得很低，但睡在隔壁房間裏的我仍可以感覺到，雖然我聽不清楚他們吵些什麼。

在我面前，他們不但不吵架，連話也不說。因此我很怕一家人一塊兒吃飯，就是那麼一聲不響，空氣中充滿緊張。我想找點話說，打破這種沉默，但每次都笨拙得連我自己也生氣，於是我也沉默着。

當母親把牆上的結婚照片除下來時，我知道事情已經十分嚴重。

我不十分清楚爸爸和媽媽之間究竟發生了什麼事，但我知道做錯事的一定是爸爸，因為媽媽是一個永遠不會錯的女人。

媽媽不但上班，還負擔了幾乎全部的家務，煮飯、買菜、洗衣服、拖地、熨衣服，都是她做，爸最多幫着洗碗、抹窗。

媽賺的錢不比爸少，但自奉甚儉，很少買新衣服，最新的一件大衣也是五年前買的了。

媽不打牌，不逛公司，不貪慕虛榮，想數落媽的缺點，難得很。

媽還着緊我的功課。我每次考試都在前三名，正是她督促的功勞。

有了這樣好的妻子，爸應該是很滿足的了，可是爸偏偏在外面有另外一個女人。這當然是爸不對，他對不起媽媽。

我沒有見過這個女人，但是我聽過她的聲音，多半是媽不在家的時候打電話來找爸。我的聲音有點跟爸相似，有兩次她把我錯當是爸，叫我做John，那是爸的英文名字。爸每次接到她的電話，都要到房間裏面聽，當然是不想我聽見。因此這個女人的聲音雖然好聽，我卻對她有點反感。

媽媽是個打定主意之後便一定要完成的人，因此爸做的一些補救工作，也就顯得徒勞了。

媽今年生日那天，爸買了一打很美麗的黃玫瑰回來。爸把玫瑰給媽說：「生日快樂！」媽說聲謝謝，接過來隨手放在桌上，看也沒有看，也沒有插進瓶裏。爸說一同出外吃頓飯好不好，媽繃着臉說頭痛不想去。爸顯得很沒趣。

爸好像請過一些我們家庭的好友做調解人，他們約媽出外談心，但情況似乎毫無改變。

事情終於到了無可挽救的地步。這是個星期天，媽一早出門，留下爸和我在家。

我在房間裏做功課，爸在廳裏叫我。我走出房間，見他坐在沙發上，俯身向前，兩隻手撐在膝蓋上。他看我一眼，叫我在他身旁的沙發上坐下，眼睛盯着地板，想說又難開口的樣子，最後終於說：

「阿基，阿爸做錯了一件事，你媽不肯原諒我，現在我們同意分居。今天我便要搬到外面去，你以後要聽阿媽的話，不要讓她氣惱。」

我雖然早知道事情不妙，但當爸正式宣佈時，我仍忍不住一陣鼻酸，眼眶裏立即湧滿了淚水。

「那麼你是要跟那個女人住在一起了？」我強忍着沒有哭出來，終於迸出了一句。

「不，我們早分手了，她已經跟家人移民到澳洲去了。」

「爸，你為什麼要做對不起媽媽的事呢？媽對你這麼好！」

「唉，人總有軟弱的時候。你媽對我好，我怎會不知道！可是我在你媽面前，老像個經常做錯事的孩子。有時我覺得：我是她的大兒子，你是她的小兒子。我老是緊張，不知在什麼時候，又會受她責怪。」

爸這種感受，我的確很明白。媽是永遠不會錯的，錯的永遠是我們。

「那個女人對你很好麼？」我不相信還有別的女人比媽媽對爸爸更好。

「當然沒有媽這樣對我服侍周到，但是我們很談得來，我在她面前沒有壓力，我們在一起時很開心。」

「你們不覺得自己做了錯事嗎？不知道會傷害另一個人的嗎？」

「我知道，有時我很內疚，可是我說過，人總有軟弱的時候啊！」

我對爸的「理由」不大接受。他平日也曾教導我要堅強，為什麼他自己會軟弱？

「你有請求媽媽原諒你嗎？」

「能夠做的我都做了，唉！」爸長長的歎了一口氣，絞扭着手指。

「那麼你以後怎麼辦，有地方住嗎？」

「我租了一個房間。」

想起爸以後要自己煮飯、洗衣服，過孤獨的生活，我又看到他那憂傷的眼神，心中不禁升起一陣憐憫。

「阿基，我知道你媽是不會原諒我的了。但是我希望你肯相信，我仍是很愛她的。」爸說的時候聲音都變了，我的淚水又湧滿了眼眶。

「阿基，我還要向你道歉，是我的錯，使你失去一個完整的、溫暖的家庭。媽不肯原諒我，但我希望你肯原諒我。只要你有需要，爸願意為你做任何事。」爸說時看着我，兩隻眼睛都紅了。

我的心中又湧起一陣酸苦，禁不住嗚嗚的大哭起來。爸坐過來，從旁邊擁抱着我，拍着我的背脊說：

「阿基乖，阿爸永遠愛你！你要堅強一點，代替阿爸照顧媽媽。」

他的眼淚從他臉上流進我的頸項，我感到那熱熱的一條，一直向下流去。

爸收拾了一個皮箱，臨走時從皮夾子裏拿出一張訂貨單，交給我說：

「你想要的那套電腦，我已幫你訂了，過幾天便會送貨，好好學習啊！」

他已比較平靜，我呆站着看他出門，他回頭向我苦澀地一笑，便轉身出去了。

我躲在百葉簾後面看他在馬路邊等的士，一架空車來了，司機幫他把箱子放進行李廂。爸抬頭向上看了一眼，便上車走了。

屋子裏突然變得空蕩蕩的，我忍不住衝進房間，伏在枕上放聲大哭。我不知道是哭爸爸、哭媽媽，還是為我自己而哭。

哭了好一會兒，屋裏漸漸暗了下來，媽還沒有回來，我開始有點擔心她。忽然一絲惱怒從我心中萌生，它愈來愈強烈，我覺得我的家庭不應該變成這樣。我猛力地吸氣，一坐坐起，像狼嗥似的哭叫：

「不行！不可以這樣！我抗議！」

這時燈忽然亮了，我看到媽站在房門口，她的臉白得像紙。

膠樽
廢紙
可塑物

可塑的

逃學之後

蘇永堅的父親今天回來得特別早，門一開便鐵青着臉把兒子叫到面前。

「你這兩天為什麼不上學？」

蘇永堅半低着頭站在那裏，嘴唇抿得緊緊的，擺出個不想解釋的姿態。厚玻璃近視鏡片下，兩隻眼睛故意斜望着別處。

「快講！」父親大力拍了一下桌子，把桌子上所有的東西都震得跳了一跳。

「阿堅，你真的沒有上學？」正在廚房預備晚飯的母親聽到罵聲，走出來問。她也戴着一副厚玻璃近視眼鏡，兒子的近視分明是遺傳。

「學校打電話來我公司，説他兩天沒有上學了！」

父親氣鼓鼓的坐在沙發上脱鞋，從他大力摔鞋的動作，知道他餘怒未息。

「這兩天你究竟跑到什麼地方去啦？是不是學校裏有人欺負你，不敢上學呀？」母親的聲音總是比較溫柔。

蘇永堅依然一聲不響。

「學校説有一封信要你交給我，信呢？」

父親似乎已經知道兒子逃學跟這封信有關。

蘇永堅從書包最底處找出一封信來，無可奈何的交給父親。

父親一面看信，手一面發抖。

「你看！」他把信塞給永堅的媽，沙着喉嚨説：「簡直丟人！」

永堅的媽把信接過來看：

「敬啟者：貴子弟本年度期中考試成績低劣，請於本月十九日（星期三）下午二時至五時來校一談，並領取該生之成績冊。事關重要，務請駕臨……」

「十九號，不是昨天嗎？已經過去了呀！」永堅的媽擔心地說。

「學校叫我明天下午再去，我已經約好幾個客看樓，怎麼走得開？」

「跟他們改期不可以嗎？」永堅的媽說。

「約好了又改期，分明是趕客！」父親氣惱地說。

「孩子的事情要緊，還是請客人遷就一下吧！」

「要緊？你緊他不緊！他要是着緊就不會逃學了！」

上這第一節數學課，蘇永堅已呵欠連連，他昨晚沒有睡好。起先是睡不着，後來是噩夢一個接一個，日間遊戲機上的畫面，變成夢中的情節。可惜他未能化身為遊戲裏面的李小龍，拳打腳踢，威風八面，卻做了李小龍的「沙包」，拳拳腳腳都招呼在自己身上。

對蘇永堅和同班幾個同學來說，數學課本如同天書。書上不知寫些什麼，老師不知講些什麼。一上數學課大家的呵欠便來，你一個他一個的打個不停。蘇永堅強撐着眼皮聽了一會兒課，不到十分鐘，終於向瞌睡投降，進入了夢鄉。

想不到他竟如此熟睡，連老師喚他的名字也聽不見。坐在他後面的同學，惡作劇地給他一掌，他才驀然驚醒，懵然找尋自己身處何方，引來課室裏一連串嘲笑的聲音。

這時一個校工敲門進來，把一張通傳交給堂上的教師。

「蘇永堅，到訓導處見馬主任。」老師說。

同學們又是一陣笑聲。

「有什麼好笑的？幸災樂禍！」蘇永堅心中罵着，跟隨工友走了。

數學老師望着他的背影無奈地搖頭。

訓導主任很忙，蘇永堅在訓導處外面站了十五分鐘才被叫進去。

「我想知道你逃學的理由！」馬主任是單刀直入，免得浪費時間。

「心情不好啦，上課太悶啦，沒有功課交啦，還有那封該死的信，沒有交給父親簽名啦……」但這些都算是理由嗎？一說出來還不是一頓教訓！蘇永堅的嘴唇動了一下，結果還是靜默。

訓導主任對他的靜默很不滿意，以絕大的耐性等了一分鐘之後，強忍怒氣，叫蘇永堅到訓導處門口罰站。

「你別以為不開口事情就過去，我不曾聽見你的理由之前，你就一直站下去！」

蘇永堅順從地走出去站在門旁，依稀聽見訓導主任吐出兩個字：「垃圾！」

蘇永堅站了一堂課之後，腳開始發軟。馬主任上課去了，訓導處空無一人。蘇永堅由靠在牆上，變做坐在地上，後來竟然漸漸睡着了。

馬主任回來時，見蘇永堅坐在訓導處門前，歪着脖子，好夢正酣，氣得心裏連說：「成何體統！」

「蘇永堅！」他用腳把他踢醒，「你跟我來！」

馬主任把蘇永堅帶到籃球場中心兩個圓圈的中間說：「你就站在這裏，讓我在課室裏也可以見到你！」

今天的太陽很好，新鋪的操場反射得耀眼，上下都是一片灼熱；更灼熱的是五層樓二十四個課室裏同學們的眼睛。蘇永堅覺得全校成千對眼睛都在看他，像是科學室裏的光學實驗，凸透鏡把太陽的光線聚集在焦點，可以把下面的紙張燃着，而他目前，正是焦點下的人物。

當馬主任在三樓的課室，着意望向操場時，卻發覺失去了蘇永堅的蹤迹。

「蘇永堅，你逃學！」有人在後面抓住了他的恤衫領。

蘇永堅嚇了一跳，回頭看時，卻是舊同學麥國鋒，穿了一條大蘿蔔褲，超大碼長袖恤，戴黑眼鏡——如果不是他嘴角一粒大痣，還一時認不出來。他一滿十五歲便退了學，蘇永堅在桌球室見過他幾次。

「大粒麥，你想嚇死人麼！」

「看你穿着校服逛街，不是逃學是什麼？」麥國鋒一語中的。

「你為什麼也這樣空閒？」

「我剛炒了老闆魷魚，現在去找工作。」

「找什麼工？帶我一齊去可以嗎？」

「做洗頭仔囉，總比在茶樓做『樓雜』好。」

髮型屋的老板望了望蘇永堅的厚玻璃近視眼鏡，便說只有一個位，可以讓麥國鋒試試。不過麥國鋒也真夠朋友，他帶蘇永堅到一間快餐店應徵做雜工。這間快餐店是他的表舅父開的，居然一說便成，第二天便可以上工。

蘇永堅回到家裏，父親已經把他的書包從學校裏拿回來。訓導主任代表校方勸告蘇永堅的父親，讓蘇永堅自動退學，因為這樣的學生他們沒法教，而且據說會給其他同學不良的影響。

母親說，他父親回來時氣得很厲害，說以後兒子愛怎樣便怎樣，再不想理他的事。匆匆又趕回地產檔口，帶客人看樓去了。

母親抹着眼淚說：「不如再去求求校長，說以後一定用功讀書，校長會原諒你的。」又說如果真的要退學，她有個遠房親戚是教書的，看能不能在他任教的學校裏插班。

可是蘇永堅粗魯地說：「不必啦！我找到工作，明天上班！」

父親回來，正眼也不瞧永堅一下。後來母親對他講了兒子要做工的事，他的反應十分冷淡，只是說：「他喜歡怎樣就怎樣，別來問我！」

永堅上工了，早出晚歸，回家洗過澡之後，便「撻」在牀上，睡得像死人一般。

他卻是從來不曾訴苦，母親問他工作的情況，也只是含糊以對。

倒是母親有一次趁永堅睡了，看他的手腳，發覺又粗又黑，上面還有不少傷口：有燙傷的，也有割傷的；有的貼了膠布，有的傷口上還沾着污穢。母親看着看着，竟是忍不住哭了。

母親也曾把這事對丈夫說，誰知他卻眼中冒火道：「活該！這叫做自作自受！」

母親又在兒子的衣袋裏發現了煙包和火柴，趁丈夫不在問永堅道：

「永堅，你學會吸香煙了？」

「是客人留下來的，不用買。」

「你這麼小就抽煙，會弄壞身體的！」

「阿媽，你不知道，有時實在很悶，抽枝煙會舒服一點。我不會多吸的，你放心啦！」

媽媽始終不敢把兒子抽煙的事告訴丈夫。

她也曾暗中託過親戚，看能不能讓永堅到他的學校入讀。親戚說他的學校程度高、校規嚴，永堅更難適應，而且根本沒有空位。

那天晚上，永堅放工回來，爸媽正吃晚飯。永堅每天都是在店裏吃了才回家的。

媽媽說：「我盛一碗湯你喝。」

永堅說：「你吃飯，我自己會盛。」

說着從袋裏拿出一疊鈔票：

「我出糧了，有兩千塊錢呢！我留下五百塊錢搭車、理髮做零用，這裏一千五百塊錢是給你的。」

永堅把鈔票放在飯桌上，便進廚房盛湯。母親看着桌上一張張紅色的紙幣，忽然停止扒飯，咬着嘴唇，禁不住流下兩行眼淚來。

「多給他兩百塊錢，讓他買鞋、買衣服也好。」永堅的母親想不到丈夫的聲音會如此溫和，她一面擦眼淚一面點着頭。

sister
is a forever
friend

摯情的妹妹

夜間十一點，我躺在牀上，妹妹的牀空着，她還在客廳打電話。

其實這是慣常的事，哪一個晚上她不是講電話講到一兩點？真奇怪她有這麼多的話要講，真奇怪對方也有這許多空閒的時間。

我知道電話的那一頭是個叫做阿 Paul 的男孩，人長得瘦卻喜歡穿超大碼的衣服，跟人談話老是要想一想，然後說些模棱兩可的話，像煞含有什麼高深的哲理，其實是幼稚、淺薄、造作。唉，一個男孩有這許多無聊的時光，晚晚跟女孩講電話，他的志向也就有限了。真不知妹妹喜歡他什麼？

「沒腦！」我不覺說出話來。老年人才會無端自言自語，想不到我也會這樣，難怪妹妹曾經叫我「阿婆」了。

忽然記起妹妹下星期便考mock了，這是會考前的一次模擬試，也是一次總溫習。記得自己當年，哪一晚不是讀到第二天早上三、四點？稍為瞌一瞌便要起來回校應試，一場試考下來，足足瘦了十磅。妹妹的成績一向僅僅及格，在這緊張關頭，卻有這樣的閒情逸致，真是豈有此理！

好幾次我想出去叫她收線，但一想到可能引起不愉快的後果，我還是忍住了。

那次也是她考試前夕，她講了三個鐘頭的電話還不肯收線。我忍無可忍，掛斷了她的電話，又罵了她幾句。她卻反唇相稽，說什麼：「阿媽也不曾管我，你有什麼資格管我！」

接着她又撥電話過去，再談了個多小時才收線，自那次起，我發誓不再理她的事。只可恨媽媽的性子太弱，她說的話似乎誰也不曾聽過。尤其是爸爸，只要媽一開口，他便攔住不讓她說下去，也只有媽忍得，話說到一半，就這樣吞下肚去。她的柔順並不能繫住父親的心。他先是與另一個女人同居，跟着提出離婚，還要把我們姊妹倆當做包袱塞給媽，條件只是把住着的這層樓歸入阿媽名下，還有三年的銀行欠款也由他支付。我們母女三人總算有瓦遮頭。

記得爸爸離開我們那天，他收拾了一個大皮箱；媽坐在沙發上抹眼淚；我們姊妹倆木無表情地看着爸離開。那時妹妹才讀中二，稚氣未除，爸爸忽然走前來想摸摸她的頭，卻被妹妹一手格開。爸爸尷尬地對妹妹說：「再見啦！要聽媽媽的話！」

妹妹忽然對爸爸大聲嚷道：「我恨你！恨你！恨你！」

爸爸一出門，就像電視劇的場面那般，忽然下起大雨來。

媽說：「拿把傘給他。」

可是我們姊妹倆誰都沒有聽媽的話。

妹妹的確很恨爸爸。爸走後，她一次也沒有提起過他。可是她對媽媽也不見得好，時常駁媽的嘴。我懷疑是因為爸臨走時，叫她聽媽的話，她因為恨爸，就偏偏不聽媽的話，作為報復。當然這或許是我的胡思亂想罷了。

鄰家的收音機嘟嘟地報時，是十二點了。我起來到洗手間去，經過客廳，見妹妹依然拿着電話聽筒，膝頭上放着數學課本。我想：別擺樣子給我看了，難道你們在討論功課麼！

我回到牀上，睡意不知逃到哪裏去了，便拿生物解剖實習來溫習。我在露台上養了兩隻白老鼠，這幾天媽不在家，沒人清理牠們的糞便，已經發出一陣騷臭味來，明天一早我要為牠們清潔一下。

解剖圖上有白老鼠每一個內部器官的位置，我找到了牠的膽。媽的膽已經被醫生整個割除了，醫生說來得太遲，整個膽都被結石阻塞了，倒不如徹底把它摘除。醫生說，沒有膽一樣可以活得很好，以後只要少吃肥膩，便沒有其他後患。媽本來就不愛吃肥膩的東西，只是她一向膽小，現在變成無膽之人，恐怕以後更是事事擔心了。

媽在醫院，妹妹只去看過一次，帶了一束康乃馨，怕不是她同去的寶貝男友出的主意！一點也不實際，這些沒腦的少男少女！

明天放學後我會去看媽，她不幸生了我們這樣沒用的女兒，連湯水也不會弄給她喝，反倒是七十多歲的婆婆，每天路遠巴巴的坐巴士送湯水去給媽。明天醫生大概會告訴媽什麼時候出院，不過她回來還要多休息，我們得幫着料理一切家務，買菜、煮飯、洗衣服、晾衣服……總不能叫媽陪我們吃飯盒，媽進醫院四天，我們就四天沒有煮飯。可是妹妹肯幫着做家務嗎？

她不是打電話就是上街，穿着那麼短的裙子，大熱天偏又穿上襪褲，真是不知所謂！

啊，十二點半了，妹妹還沒有進來的意思。我想跟她談談分擔家務的事，也想督促她好好溫習功課。媽病了，我成了這個家庭的臨時負責人，我有責任教導妹妹。

我跳下牀，走出廳去，說：

「我有話跟你說，你不要再打電話了。」

我自己也覺得語氣是硬繃繃的。

「什麼事呀？」她按住電話的一頭，不耐煩地問我。

「你的電話還沒有說夠麼？家裏人想跟你說一句話也這麼難！」我為她厭煩的神色感到不滿。

她見我沒有回房的意思，對着話筒交代了幾句，終於收線了。

「有話你就快說吧，我還要溫習呢！」她站起來伸了個懶腰，根本沒有聽我說話的誠意。

「現在幾點啦？你還要溫習！你知道要溫習，為什麼講這麼長的電話？」我心中有氣，語氣顯得淩厲。

「我的事不用你操心，我不管你，你也別管我！」她故意打了個呵欠，一副無所謂的樣子。

「我不管你，你不管我！我們的家庭還不夠破碎嗎？是不是剩下來的三個人，還要各行各路，互不相關？媽病了，躺在醫院裏，你關心過她嗎？剩下我們兩個在家裏，還不應該相親相愛嗎？可是你說『你別管我，我別管你』，這個家還算是一個家嗎？」說到這裏我的喉嚨忽然哽塞了，跟着淚如雨下，索性坐在沙發上嗚嗚的大哭起來。

後來妹妹輕輕拍我的肩膊，我沒有理她，卻有一張面紙塞進了我的手。我用它擤了擤鼻子，跟着又一張面紙放在我手上，我淚眼模糊地抬頭一看，妹妹正拿着整盒面紙站在我面前。

「我剛才打電話本來是問阿 Paul 數學的，不過我們講功課講得悶了，也會講些廢話——其實也不全是廢話，有些話是很有意思的，你聽了也會同意。」難得她肯這麼心平氣和的跟我講話，我堵在胸裏的一口氣也就開始消散了。

這時妹妹在我身邊坐下，她說：

「明天我也去醫院看媽，她快出院了吧？」

「良心發現啦！你病的時候，媽整晚不睡服侍你，現在媽病了，你才去看過她一次。」我乘機怪責她。

「我其實很掛念媽，不過探病時間我正在溫習室溫書，我希望她可以早日回家呀！」她語氣中頗有點歉意。

「回家煮飯給你吃，免得你吃飯盒，對嗎？媽媽就算回家，身體也很弱，她回來不是服侍我們，是我們服侍她，知道嗎？」我的口吻真像個大家姐。

「我可以負責買菜，圖書館下面就是街市，不過，我可不會煮菜啊！」難得她自告奮勇。

「可惜我也不會煮菜，媽把我們寵壞了！不過我可以學，有媽在旁邊指點，我會做得到的。」我也有點慚愧。

「家姐呀！」妹妹忽然坐得貼近我一些，記憶中我們已經很久沒有坐得這麼近，她也很久沒有這麼親熱地叫我了：「我以後會儘量做好的啦！」

「譬如呢？」我問。

「我會勤力讀書啦！我知道我今年會考的成績不會好，所以準備讀夜校重考，白天我會找一份不太忙的工作，賺錢幫輕媽媽的負擔。」

「我怕賺到的錢還不夠你自己花！」我故意潑冷水。

「一定不會的，我賺到的錢全部交給媽媽。我會減少出夜街，阿 Paul 也要準備考大學啦。我們已經講好了，大家要為自己的前途努力！」

我對妹妹的決心並沒有太大的信心，可是我似乎有點低估了她，她並不如我所想的懵然無知。我情不自禁地擁抱着她，拍着她的肩膀說：「好，我相信你！」

我回到房間，牀頭的鬧鐘指着一點半。我的情緒很平靜，心中像被大雨淋洗過似的清新舒暢。我拿起五斗櫥上被雜物阻擋着的一個相架，那照片是好幾年前我跟妹妹一同拍的，在開得燦爛的杜鵑花前，我們手拖手的站着，笑得也像花一般燦爛。我看呀看呀，禁不住把照片壓在胸前，心頭湧起一股暖意。

Sister
is a forever
friend

夢幻的 第三願

她做了一個夢，一個不算奇怪的夢，許多愛聽童話故事的小女孩，都可能做這樣的夢。

她夢見一個長着蝴蝶翅膀的神仙姐姐對她說：「謝謝你救了我，我會送給你三個願望，只要你向我請求，你的願望就會實現。不過，這三個願望，只能在你滿十八歲之前提出……」神仙姐姐說完便不見了，她也從夢中醒來。

她記起日間在小樹林散步時，見到一隻蝴蝶在一幅蜘蛛網上掙扎。她從未見過這樣美麗的蝴蝶。她拾起一根枯枝，搗破了蛛網，讓那美麗的蝴蝶飛走了。想不到牠會在她的夢中出現。

她醒來之後，聽到窗外的雨聲，雨下得不小呢，天又墨黑墨黑的。她想:明天的旅行去不成了，真可惜呀！盼望了很久，就給一個壞天氣破壞了。

「蝴蝶姐姐，請給我一個好晴天，我很想明天去旅行呢！」她説完自己也覺得好笑，罵了自己一聲傻瓜，又迷迷糊糊的睡着了。

鬧鐘把她喚醒，她眼一睜便往窗外看，玻璃窗外面是一幅碧藍的天，斜斜的玫瑰枝上還掛着水珠，但水珠反射着陽光。

她記起了昨夜的夢和自己所許的願。

「荒謬！」她笑着起牀，一個快樂的旅程正等待她。

十五歲那年母親患了重病，是一種不知道原因的嚴重貧血。

醫生做了最徹底的檢驗，包括胃、小腸、大腸，看是不是那裏有了潰瘍，讓她的血一點一滴的漏掉了。也包括骨髓，看是不是造血機能出了毛病。

檢驗的過程漫長而痛苦，已經貧血卻還要不停地從媽的靜脈裏抽血來驗。

每一個檢驗，大家都心情矛盾地期待着報告，既想報告沒有發現什麼可怕的原因，卻又盼望早日能尋出得病的線索。

醫生說的確有一些病例，找不出原因。他們見沒有什麼有效的治療方法可做，就提議病人回家休養。

父親因擔心而一天天消瘦；一向注重整潔的他，這時連鬍子有時也忘了剃，更見憔悴。

母親倒沒有什麼嚴重的不適，只是做少少事情也氣喘，沒有胃口。她躺在牀上看書，看一會兒就疲倦的放下來，那薄薄的書本也覺得重。

那天她放學回家，自己悄悄開門進去，見母親閉着眼，那臉白得像紙，面頰凹陷，兩手無力地垂放在兩側。她的心卜卜地急跳起來，怕母親已離她去了。

「媽！」她惶急地叫了一聲。

幸好母親只是睡了，她疲倦地睜開眼睛，勉強一笑，示意她坐到身邊。因為她說話也沒有氣力，要這樣才能讓女兒聽見。

她撫摩着女兒的臉，手指冰涼冰涼的。她緩緩地低聲說，她的病大概不會好了，她這一生過得很幸福，也沒有什麼遺憾，最捨不得的還是女兒，因為她還這麼小！

她強忍着眼淚，把母親的手緊貼自己胸前，她要用自己的體溫把這雙冰冷的手暖過來。

母女倆依偎了好一會，母親又疲倦地睡去。她幫她蓋好被子，悄悄走回自己的房間。牀頭几上有一張母親跟她的合照。那時她還是個嬰兒，母親健康又美麗。她把照片拿在手裏，親吻了母親一下，玻璃片冰涼冰涼的，像母親的手。她拿着照片俯臥在牀上，哀哀地哭起來。

忽然她想起讀小學時旅行前夕的那個夢、她的願望和那個清晨的雨後陽光。

「蝴蝶姐姐，我求求你，讓媽媽的病好起來。我要媽媽，我不能沒有媽媽！」

她在疲倦中睡去，又做了一個夢，夢中又見那蝴蝶姐姐，微笑着對她說：「你媽媽會好的，不要擔心。」

醒來已是夜間。走出房間，見父親正在煮粥，母親坐在餐桌旁等吃。

「我忽然覺得很肚餓。」母親不好意思地笑着說，她蒼白的臉上出現紅暈，眼珠子也靈活有生氣。

母親的病有轉機了，她想。雖然她不相信這是因為她剛才許了一個願，她還是悄悄地說：「謝謝你，蝴蝶姐姐！」

她自己也想不到可以這樣厲害地愛上一個人。他佔據了她整個腦海，填滿了她整個心房。

她知道自己可以為他做任何事，只要他提出要求。

只要聽見有人提他的名字她便心跳，臉也不由的紅起來。只要踏足在他住的那條街上，心裏就有緊張的期待，希望那張俊俏的臉忽然迎面而來。

少女的自尊和矜持她早已不顧，為了結識他，她想不到自己會如此大膽。

他們曾經有過甜蜜的約會，用浪漫的信箋寫詩一樣的信，互相贈送小禮物和拍得最好的照片。

可是在她愈來愈熱時，他卻漸漸變冷，推卻她的約會又故意不聽她的電話。

直到有一天在校園的仄徑上他們狹路相逢，他的手正拖着另一個女孩的手。她低頭急步走過，直到走出校園，她也不知道自己害怕什麼，只覺得離開校園愈遠愈好。

回到家裏她全身乏力，好像整個世界忽然在她面前崩潰，她不知道自己要做些什麼，能做些什麼，甚至不知道以後的日子怎樣過。

往後的幾天她混混沌沌的過日子，好幾個同學問她是不是病了，卻獨獨不見「他」出現來向她解釋什麼。她躲在圖書館裏，拖延時間回家，回到家裏便把自己關在房裏，推說功課多，免得母親在她臉上看出什麼。

她還在盼望，盼望他會打電話來，或是寫一封信來，向她解釋，向她道歉，求她原諒。而她，雖然受傷這麼重，卻是願意原諒他的；於是，日子又會變得晴朗，他們可以像從前那麼快樂地在一起。

可是她期盼的這些都沒有出現。

當她眼睜睜的睡在枕上卻長夜難眠時，她一次又一次記起小時候那個蝴蝶姐姐的夢，記起那雨後的晴天，記起重病的母親突然痊癒。而蝴蝶姐姐答應給她的願望還剩下一個。或許只要她再對蝴蝶姐姐說一次，他就會回到她的身邊，像從前那樣對她好。可是她終歸沒有提出她的第三個願望，一個晚上又一個晚上，她堅決地拒絕自己這樣做。

終於到了她十八歲生日那一天，爸爸媽媽為她在家舉行一個小小的生日派對，要她自己邀請幾個好朋友來家慶祝。她請了一個幼稚園最要好的同學、一個小學最要好的同學、一個中學最要好的同學、一個大學最要好的同學，都是同年齡的女孩子。

到大家唱了生日歌，要她吹熄蛋糕上的十八枝蠟燭時，同學們提議她閉起眼睛來，悄悄地許個願。

她閉上了眼睛。她想：或許我現在請蝴蝶姐姐幫我一個忙還來得及——我說完我的第三個願望，門鈴便會響，他就會捧着十八朵玫瑰走進來。

可是這想法稍縱即逝，她搖一搖頭，定一定神，誠懇地在心裏說：「願爸爸媽媽身體健康！」

然後她睜開眼睛，呼一聲吹熄了所有的蠟燭。

搗蛋的
讓她也「錯」一次

我讀中二那年的中文老師姓蔡，花名「蔡姑婆」，皆因她脾氣有點古怪。大家歸咎於她年過四十尚未結婚。據說到了這個年紀還嫁不出去的女子，都有類似的「老姑婆」的脾氣。

蔡老師在這間學校任教多年，同學們在圖書館存放的舊校刊上，可以看到她跟學生的合照。她的髮型、眼鏡款式、表情、坐的姿勢，都沒有多大的改變，因此她又有一個花名，叫「十五年不變」。

不過同學們都有點怕她，因為比起其他老師，她未免過分認真。就拿欠交功課來說，她並沒有其他處罰，只是要同學放學後留下來，她陪着他們把功課補做完畢，絕無人情可講。嘗過這種留堂滋味的同學說：「她當然一點也不急，又沒有人約她逛街。苦的是我們，約了朋友看戲，卻沒法通知他們。看看就快開場了，急得我們要死。」

大家有點怕她的另一個原因，是她幾乎「無懈可擊」。她從來不遲到、不早退，準時派簿，用毛筆改的作文簿，一筆一畫清清楚楚，從不寫錯一個字。她改的試卷，派的成績表也從來不曾算錯分數。對着從來不犯錯的人，他一拿到你的錯，你便無話可說。

我們這班素來調皮搗蛋的少年，對着一個從來不犯錯的人，自然心中隱藏一個願望，便是要抓她的痛腳，讓她也錯一次。

機會似乎來了。最八卦的楊翠瑤知道老師的內幕消息最多，這當然跟她的母親也在這間學校教書有關。

事情要從副校長喪妻說起。副校長姓白，因此大家叫他「白褲校長」。當他夏天真的穿着一條白褲時，大家叫他叫得最響，而且個個臉帶笑意。

沒有幾個同學見過白副校長的妻子，但據説樣子比蔡老師漂亮，個性也比蔡老師活潑。為什麼要拿蔡老師來比呢？也據説蔡老師跟白副校長相戀過，那時候他還沒有升做副校長，大家年輕，又在同一間學校教書，發生感情是常見的事。可是後來出現了另一個女子，便是後來做了副校長太太的那位，蔡老師便打了敗仗。當然啦，她樣子不及人，性情又古板。

不過同事們覺得白副校長還是很關心蔡老師的，或許他覺得自己欠了她一份情吧。也不知道是否多年以來習慣了，蔡老師也把這種關懷視為理所當然，有什麼事也找白先生商量；並且她不叫他副校，也不叫他白先生，而是直接叫他的名字——是本班的班長在教員室裏聽見的。

白太太一死，白先生和蔡老師之間的關係，漸漸成為大家注視的焦點。而這段往事自從在同學間傳播開來之後，我們也都密切注意。

我們看到蔡老師換了一對金絲邊新眼鏡，頗時髦的款式。

我們看到蔡老師剪了一個新的髮式，很清爽，很精神。

我們看到蔡老師臉上多了點顏色，有淡淡的胭脂和唇膏。

我們看到她不再天天穿着深色的沒有線條的衣服，換上顏色較淺淡的套裝。

一些「目擊事件」開始有人報道：

白褲跟姑婆在一間餐廳共進晚餐，除了「鋸扒」還喝餐酒呢。

白褲跟姑婆一同看電影，是一齣愛情片。

白褲幫姑婆拿菜籃，還有一大包在超級市場買的東西。

在這許多情報的匯集下，不懷好意的我們都喜孜孜的好像抓住蔡老師的痛腳了。「姑婆發姣了！」「她恨不得人家的太太早死，終於給她等到了。」這類說話天天都可以聽到。

這天蔡老師進來上課，卻見黑板上畫了一棵棵白菜。這當然是影射「白」和「蔡」，她是聰明人，怎會不明白！但見她臉色稍變，問誰是值日生，請他出來把黑板刷乾淨，跟着像平常一樣的上課。可是下課的鐘聲一響，蔡老師還沒有離開課室，便有幾個學生唱起那著名的民謠：「小白菜呀，地裏黃呀……」

傳聞在老師和同學間同時流動，楊翠瑤做了雙方的轉播站。其中一個消息說：白褲和姑婆一同去吃聖誕餐，座上還有白褲的兒子白志勇。他也是本校的同學，籃球校隊的選手。

於是便有一個多嘴的同學，當着其他同學的臉取笑白志勇說：

「白志勇，恭喜你啊，你快有一個新媽媽了！」

白志勇的脾氣一向不大好，他手上正有一個籃球，二話不說，便向那同學的臉上摔去。

那同學的眼鏡應聲而碎，玻璃在他臉上劃了一道小小的口子，鼻子也破了，鼻血涔涔而下。

事情沒有鬧大，那同學的家長也覺得自己的兒子有不對的地方，在白副校長親自向他們道歉之後，事情也就了結。白副校長主動要求訓導主任記白志勇一個小過。這在我們平靜的學校生活裏算是一件大事。

蔡老師像平常一樣的上我們的課，不過她明顯地消瘦了。聖誕節之後是大考，在農曆新年假期之前，上學期便算結束了。就在放假的前一天，蔡老師把我們的作文簿、默書簿、作業簿一本本的派給我們。她說她覺得大多數的同學成績都有進步，她很滿意。

「不過……」她清一清喉嚨繼續說下去：「這是我上你們的最後一課，下學期我會到另一間學校任教，那裏離我的家較近，而且在這裏也教了十五年了，想轉轉環境……」

她說得很平靜，課室裏靜得一隻蚊子飛過也聽見，這突如其來的消息，使我們一時不知道怎麼回應。我看着她消瘦了，再沒有任何化妝的臉，忽然在心底升起一絲後悔。這時我聽到一聲強忍的啜泣，聲音很像感情最豐富的李鳳喬。不過眼淚是有傳染性的，很快我便聽到第二、第三個不同的啜泣的聲音，不爭氣的淚珠也在我眼眶裏打滾。

「我心裏有許多話想跟大家説，不過許多話平日已經講過，只有一點，是我近日的感想，這是以前沒有説過的，我今天要對大家説了心裏才舒服。」蔡老師停了一下，依然是那麼平靜，只是她説得比較慢，像是想我們聽清楚：「任何人都有愛人和被愛的權利。一個心地善良的人，會尊重別人這種權利。」

我是一個心地善良的人麼？我慚愧地低下了頭。

蔡老師從此離開了我們。

蔡老師跟白副校長再續前緣也沒有成為事實。

在一次學校郊外旅行時，我們見到蔡老師帶着另外一班學生。她的樣子沒有大改，只是頭髮卻變得花白了。

我們高聲叫她，她向我們微笑揮手，很快他們的旅遊巴士便開走了。

今天的二人世界又
變成了三人世界，可是
這世界不是
很美好麼？

率真的
二人世界

淑圓是一個中二女生，她已經有一個喜歡的男生。是不是早了一點？爸媽會說早，老師和社工也會說早，但跟淑圓一樣的同學多的是，他們一早便有了男朋友、女朋友，他們一點也不覺得早。現在的男孩、女孩把結交異性朋友和結婚的事分得清清楚楚：「又不是跟他做人世，有什麼早不早的？」「做人世」是結為夫婦的意思，他們覺得是很遙遠的事。

結婚不結婚是另一回事，但淑圓盼望跟她喜歡的男生有機會「二人世界」。

「二人世界」是一想起來，便叫人感到溫馨甜美的世界。她小學的時候便讀過一首詩，其中兩句是「深林人不知，明月來相照。」她希望明月所照的不是她一人，還有她喜歡的強強。

強強全名胡國強，淑圓知道他的家人都叫他強強，於是她也叫他強強，就像強強親暱地叫她圓圓一樣。

淑圓跟國強同校、同級而不同班，他們只有在上課以外的時間才可以看到對方，因此只要有機會，他們都會努力使對方可以望見自己。似乎他們的眼睛都很銳利，一眼便能在人羣中找到對方。

可是校園是一個擠逼的世界，街上也「耳目眾多」。淑圓不想別人知道他們說些什麼，做些什麼，雖然他們所說的很平常，大多是一些幼稚可笑的傻話；他們所做的也不過分，接觸對方的身體都有一定的理由：幫他打一隻蚊蟲，在他的頭髮上拈掉一根草屑之類。可是只要剩下他們兩人在一起，那周遭便立即充滿了柔情蜜意，有一種使人心跳的緊張。

淑圓自覺比國強工於心計，女生這種狡獪往往勝於男生，機會既然不會無端出現，她就要為自己製造一些。

媽媽説星期天要到新界上水探望叔婆，聽説她老人家近來身體有點不舒服，問淑圓去不去。淑圓很喜歡叔婆家那隻大肥貓，本來想去，但一想到可以趁媽媽不在家，約國強到家裏來溫習 —— 不是快要大考了嗎？溫習是名正言順的事。於是她對媽媽説：「快大考了，我要留在家裏溫習功課。」媽也不勉強她，於是她便悄悄約了國強星期天到她家溫習。雖然他住得稍為遠一點，但為了難得的「二人世界」，再遠也是值得的。

可是星期六的晚上，小露寶的媽媽帶小露寶回家時對淑圓的媽説，他們夫婦明天有一件要緊的事辦，可不可以像平常一樣，送小露寶過來請淑圓的媽照顧。淑圓的媽説她要到新界探望叔婆，不過有淑圓在家，應該沒有問題。

小露寶是個兩歲不到的胖女孩。她母親要上班，每天一早送過來淑圓家，請淑圓的母親照料。淑圓的母親反正在家，賺點零用錢也好。星期六的下午和星期天，小露寶的父母會把孩子留在自己身邊，不過這個星期天是例外。

淑圓埋怨母親沒有徵求她的同意便答應人，她說：「煩死了，阻礙我溫習！」母親說小露寶算乖，吃飽便睡，而且她會早點趕回家。淑圓說：「趕就不必了，她頑皮我會炮製她！」

二人世界變成了三人世界，不過小露寶年紀小，最多只能算半個人，那就是二人半世界吧。淑圓和國強溫習的時間不算多，反正大考是差不多一個月以後的事，這麼早便開始溫習，說不定會忘記。於是他們陪小露寶玩，說得更準確一點，是他們玩小露寶，因為小露寶很好玩，是一個活的娃娃玩具。他們餵奶，換尿片，把她的頭髮紮成小辮，在她臉上塗胭脂，向她的腋下和腳板心搔癢，弄得她笑得喘不過氣來。

最使淑圓難忘的是她要小露寶叫她「媽咪」，小露寶聽話的叫了，她得到了一塊波板糖做獎賞。跟着是國強要小露寶叫他「爹哋」，小露寶也聽話的叫了，她又得到一根巧克力手指。忽然間淑圓好像真的有了自己的家庭，有丈夫也有小孩，三人世界很溫馨呢！

在媽媽回來之前，國強已經回家去了。小露寶對着淑圓的媽說：「我要爹哋陪我玩。」淑圓偷笑，因為媽不知道小露寶口中的爹哋是胡國強。

大考之後，淑圓製造了第二次二人世界的機會。學校開始放假，她對媽媽說：「上次我沒有去探望叔婆，趁放假我想去看看她，也看看我心愛的大肥貓——冬冬。」

媽說：「你認得路嗎？我要看着小露寶，不能帶你去。」

淑圓心想：「是我帶你去，不是你帶我去。」但嘴裏說：「放心啦，這條路我熟得很。」

媽煮了一大碗叔婆喜歡吃的齋菜叫淑圓帶去，還吩咐她早去早回。

淑圓搭巴士到火車站去，國強已經在那裏等她。他們坐在並排的座位上，兩人都穿着短袖的汗衣，手臂有輕輕的接觸，淑圓清楚的感到了，但她故意不讓開，因為她覺得這是一種很舒服的感覺。火車停站時，上來一個老婆婆，國強立即站起來，把座位讓給了她，自己站立在一條扶手的柱旁。淑圓給他一個鼓勵的微笑，雖然她因為失去了手臂的接觸，多少感到遺憾。火車又停站，這次上來一個背着孩子的大肚婆，淑圓立即站起來讓座，站到國強身旁。人愈來愈擠，把她擠得完全貼近了他。淑圓微笑着，不知是表現一種淑女的風度，還是滿意於她目前的處境。

叔婆很老了，她自己忘記了歲數，但不會少於九十。除了眼睛稍差、耳朵有點聾之外，並沒有多少病痛。淑圓的媽探望她那次，她有點氣喘，現在已沒事了。

想不到叔婆年紀雖大，卻很風趣。(其實她是淑圓爸媽的叔婆，淑圓要叫她太叔婆才是。不過大家都是這樣叫她，誰也不在乎對錯了。)當淑圓介紹胡國強給她認識時，她笑道：「圓圓帶你的男朋友來給叔婆認識呀？」

淑圓紅着臉說：「是男同學，不是男朋友，你叫他阿強好了。」

「阿強，圓圓是好女仔啊！」叔婆說。

阿強不知怎麼回答，不覺也紅了臉。

這時肥貓冬冬早已在淑圓腳邊繞來繞去，又把身子往她腳上揩擦。淑圓把牠抱起來，冬冬伸出舌頭在她臉上舔了一下，弄得淑圓怪癢的。淑圓把冬冬舉向阿強，冷不防冬冬又在他臉上舔了一下。阿強想避開已來不及，他嚷道：「啊呀，我的初吻竟被你這隻肥貓偷去了！」引得淑圓格格地笑着。

阿強和淑圓幫叔婆在園子裏拔草、修樹，又幫她釘好鬆脫的圍欄。叔婆摸索着煮了飯，煲了湯，炒了雞蛋和芥蘭，加上淑圓帶來的齋菜。阿強和淑圓吃得津津有味。飯後阿強又搶着幫叔婆洗碗，收拾得乾乾淨淨。

淑圓斟了一杯香茶給叔婆喝，把在後園摘的楊桃洗淨了，切成星形的一片片，等阿強來一同吃。這時叔婆又對淑圓說：

「圓圓，阿強是好男仔啊！」

圓圓微笑着瞟了正在洗手的阿強一眼，心想：

「我夠知囉！」

當他們又並排坐在火車上回家去時，淑圓閉目享受着與阿強手臂的輕微接觸，她想：「今天的二人世界又變成了三人世界，可是這世界不是很美好麼？」

明理的

偵探三人組

培雅女校中二甲班有一個偵探三人組。

組長嘉莉頭腦冷靜、觀察入微，熟讀福爾摩斯、松本清張等偵探和推理小說。

組員羅娜膽大心細，敢於冒險，她的口頭禪是：不入虎穴，焉得虎子。

組員仙迪善於收集情報，憑她嗅覺靈敏，嘴巴夠「八」，能從四面八方收「風」收「料」，有助查出真相。

這樣一個鐵三角組合，果然是無案不破，屢建奇功。

這次她們要查的是同班同學碧琪的家庭背景。為何她們如此諸事八卦？説起來倒是有其原因。

原因是培雅女校剛剛舉行了一次班際清潔比賽，得冠軍的一班，可以免費到海洋公園的水上樂園玩一天。中二甲班以一分之差輸給中三乙班，而輸的原因是老師在一個書桌的抽屜裏，發現有香口膠、鼻涕紙巾，外加蟑螂兩隻，而這個座位是碧琪的。

碧琪跟班上的同學不合作，不自這件事開始。她獨來獨往，臉上從來沒有笑容。她從來不跟人説起她家裏的事，也似乎從來沒有人到過她家，包括與她住在同一條街的另一個同學小娟。

在中二甲班輸掉清潔比賽之後不久，一個中一小同學在使用廁所時，發現其中一個廁格火光一閃，跟着傳出一陣煙味。這個小同學用完另外一格廁所出來，見到碧琪正俯身在洗手盆的水龍頭上漱口，跟着又仔細地洗手，大概是想把煙味洗掉。

這個小同學把事情告訴仙迪（不知為什麼，大家都喜歡把新鮮事告知她），仙迪找機會走近碧琪，問了她一個不關痛癢的問題，同時集中力量於嗅覺，果然有所發現。

偵探三人組商量過之後，把事情告訴了班主任 Miss 徐。

下一節上課時，Miss 徐敲課室門進來，要碧琪帶同書包跟她出去。

剛好上這一節課的老師需要幾枝顏色粉筆，羅娜自告奮勇到教師辦公室去拿。她看到碧琪站在 Miss 徐面前，辦公桌上有一包香煙、一個打火機。

碧琪回到課室時一副無所謂的樣子，只不過她把書包摔回抽屜時發出的聲音比較大，引得大家轉過頭去看。但見她仰頭看天花板，左望右望就是不望老師，一副心神不屬的樣子。

第二天小息的時候，校門外走進來一個女人，雖然是大白天，卻塗眉畫眼化了很濃的妝，一陣廉價香水味老遠便聞到。

她穿着緊窄的短裙和高跟拖鞋，站在那裏東張西望。這天剛好輪到羅娜做風紀隊員，在校門附近當值，上前問她找誰，她說要找中二班的班主任 Miss 徐。羅娜便帶她上教師辦公室去。她把客人交給 Miss 徐之後，故意放慢腳步，聽到那女人沙啞的聲音說：「我是李碧琪的阿媽。」

偵探三人組放學後到附近公園開了一次小組會議。組長嘉莉懷疑碧琪的母親不是正經女人：她抽煙，因為手指和牙齒都熏黃了；她喝酒夜眠，所以聲音沙啞；她的經濟狀況並不好，那對絲襪是有兩處走線的。「碧琪有這副模樣的一個母親，難怪……」嘉莉歎息了一聲。

「我們最好能夠再進一步了解一下碧琪的家庭，或者我們可以幫到她。」羅娜說。

三個人都同意這提議，嘉莉認為最好查出碧琪的父親是怎樣一個人。

她們詢問跟碧琪住在同一條街的小娟，可曾見過碧琪的父親？小娟說有一次跟家人上附近一間茶樓飲茶，看到碧琪跟兩個大人同坐一桌，猜想是她的爸媽。記憶中那男人留了小鬍子，穿無袖牛仔背心，手臂上有紋身。後來又有一次，小娟跟哥哥到深水埗鴨寮街買卡拉 OK 用的「咪」，又見到這個男人，好像在那裏賣翻版錄影帶。

羅娜說服小娟帶她們到鴨寮街去，讓她們相相這個男人。

鴨寮街很熱鬧，除了賣音響器材、電子零件的店舖之外，還有滿地的舊貨。這些從垃圾堆拾來的雜物，等待機緣巧合的買家。或許他家某個牌子洗衣機的時間掣壞了，而這裏正好有一個。

小娟已記不清楚那些賣翻版錄影帶的攤檔在哪裏。兜兜轉轉，她們終於看到好幾個打赤膊紋身的男人，在路中心幾個攤子上招攬顧客。當他們看到這幾個穿校服的女生時，其中一個說：「喂，小妹妹想開眼界麼？便宜一點賣給你們。」

嚇得她們拔腳便走。

「原來是賣鹹帶[8]的。」嘉莉說。

「你看到碧琪的爸爸麼？」仙迪問小娟。

「看不到。」小娟搖頭。

仙迪不服氣，又繞圈子走到另一邊，向那班大漢逐個細望，看有沒有留小鬍子的。正看得入神，身後一把男人聲音說：

「鬼鬼祟祟的看什麼？」

仙迪嚇了一跳，轉身一望，卻是一個留小鬍子、穿無袖牛仔背心的男人。仙迪的心更是撲通撲通的狂跳起來，也不敢回話，轉身便走，幸好那男人並沒有追趕。儘管她如此大膽，在她向嘉莉她們報告時，聲音還在震抖。

8 鹹帶，指色情影片。

碧琪家庭環境的惡劣，看來是無可懷疑的了。羅娜認為無論如何要到她家看一看，「不入虎穴，焉得虎子」嘛，再難也得試試！

最好的辦法是讓碧琪主動邀請她們回家，但有這個可能嗎？仙迪在找機會，想打破碧琪的冷漠，大家除了做同學之外還做朋友，因此仙迪常在碧琪身邊出現。

這天小息時，仙迪見碧琪獨自坐在校園一角的杜鵑花叢後面，正想走過去陪她聊聊，忽然聽見 B——B——B——B 的聲音，跟着見碧琪從身上拿出一部傳呼機[9]來看上面的文字。仙迪覺得自己此時不宜出現，正想走開，卻已被碧琪看見。她說：

「告訴 Miss 徐啦，鬼頭仔！」

9 傳呼機，香港人俗稱為「Call 機」，70 年代時曾是普及的通訊工具之一。

偵探三人組討論了碧琪的新情況，她們覺得她的情況愈來愈使人擔憂。

羅娜認為要把情況告知班主任和社工，仙迪卻擔心碧琪會怪她，以後更不可能做朋友。商量沒有結果，她們決定暫時拖一拖。

想不到第二天小娟卻提供了新的消息，説昨天晚上碧琪家裏有事發生。她看到警察帶走了碧琪的爸，救傷車載走了滿頭鮮血的碧琪的媽，臉色蒼白的碧琪也上了救傷車到醫院去了。

碧琪今天沒有回校。

嘉莉在一份報紙的港聞版上，找到一小段消息，説夫婦因小故爭執，結果妻子被打穿頭、留院觀察，丈夫則被帶往警署問話。

「我們正好趁此機會去探訪碧琪。」羅娜説。

「碧琪會歡迎嗎？」仙迪問。

「以她的性格，我看不會歡迎。她不想家裏的事給外人知道。」嘉莉說。

「明天她可能不會回來上課，我們當作是關心她摸上門去，她總不好意思不讓我們進去吧？」羅娜說。

「只要我們一進去，以我們的偵探眼光，她家裏的情況一定逃不過我們的眼睛。」仙迪興奮地說。

「如果她家裏拜關公，很可能是黑社會，起碼也是『撈偏門』[10]的。」羅娜說。

「說不定她家裏還有一箱箱的鹹帶。」仙迪恨不得立即去看看。

10 即以不正當手段獲取利益的行為。

出奇地沉默的嘉莉忽然說：

「我提議我們偵探三人組立即停止偵查。」

「為什麼？你害怕麼？」羅娜問。

「我們偵查的目的是什麼？是為了滿足我們的好奇心？是為了誇耀我們的偵探本領？還是真的想幫助碧琪？」嘉莉問。

羅娜和仙迪沉默了一會兒，似乎連她們自己也不能確定。後來仙迪低聲說：

「如果是為了幫碧琪又怎麼樣？」

「那就不要使她難過，更不要使她反感。只當什麼也不知道，只是努力地跟她做朋友。」嘉莉說。

「說真的，如果我是碧琪，也不想別人知道我的家事。」仙迪說。

「對啊。如果有人偵查我，我會很生氣。」羅娜也說。

「好，那麼我們一言為定了。偵探三人組改名為愛心三人組，專幫助有需要的人。」嘉莉說。

「好啊！」她們三人一同舉手擊掌。

這時三人一同有一個幻覺，便是她們的背上長出了翅膀，成為愛心天使，在半空飛啊、飛啊，找尋需要幫助的人。

滿懷期盼的 笛子

那是一個星期五，放學之後，第二天不用上學，大家的心情都很輕鬆。留校的同學特別多，有的打球，有的在課室裏唱歌。我們幾個女生準備到附近的公園拍照，試試我新買的傻瓜機[11]。這是事先約好了的，大家還帶了服裝和道具來，有草帽，有墨鏡，還有毛公仔。除了書包外，我們每人都另外帶了一個大袋。

經過操場時，一個籃球從我們頭上飛過，去勢很猛，一看便知道是有人用腳踢的。學校規定不許在操場上踢足球，這是為大家的安全着想，但總是有人腳癢，籃球滾到誰的身邊，便

11 傻瓜機，指容易操作的小型全自動相機。

順勢一腳。

連串的驚呼之後，籃球撞在一個同學的頭上，再反彈到他身後的玻璃窗上，跟着是哐啷啷的碎裂聲，碎玻璃跌得一地都是。

那個同學驚魂未定，拾起掉在地上的眼鏡。我走過去問他:「沒事吧？」

他懵懵的搖搖頭。

已經有當值的風紀隊員跑去通知老師，準備去拍照的幾個女同學都催我快走，我們便離開了現場。

星期一我一回到學校，便被那幾個拍照的同學攔住。她們拉我到校園最僻靜的一個角落，來看那些照片。她們說不想被那些臭嘴的男生看見，因為他們狗嘴裏長不出象牙，一定會說些難聽的話。

當我們來到那角落時，有一個瘦小的身影從那裏離開。我認得他正是「食波餅」的那個男生。

「張志勇，怪人！」碧姬說。

「你認識他？」我問。

「他跟我哥哥同班。」

「別說廢話，快把照片拿出來看！」其他幾個又催了。

「他怎麼怪法？」我問。

她們忙着看照片，沒有人回答我。

「那幾個把籃球當足球踢的男生多壞！他們要張志勇也出一份錢賠學校的玻璃。」碧姬第二天說。

「為什麼？」我問。

「他們都怪張志勇用頭頂球，才打破了玻璃窗。」

「這簡直豈有此理！張志勇肯不肯賠？」

「肯，而且要賠一半。」

「他有很多錢麼？」

「他要把午飯的錢省下來，改吃麵包。」

「為什麼他肯這麼『蝕底』？」

「所以大家說他是怪人。」

每天黃昏時分，我喜歡帶我的小狗到家居後面的小山散步，從那裏可以看到維多利亞海港的一角，看到下面煙霧迷漫的城市。這天我竟看到那瘦小的身影。起初我不信，但看清楚果然是張志勇。他坐在一塊大石上，正呆呆地向遠方眺望。

「張志勇，你也住在附近麼？」

他奇怪我知道他的名字，回頭呆呆的看着我。

「我是郭蘭英，跟你同級不同班。」

「我才搬來一個星期，這裏可以看得很遠。」張志勇向遠方望了一會兒，幽幽的說：「我的媽媽在那很遠的地方。」

他從褲袋裏拿出一根笛子，吹起一隻曲子來，是我熟悉的一首歌，是媽媽教我的。我跟着唱：

「……長亭外，古道邊，芳草碧連天。晚風拂柳笛聲殘，夕陽山外山。」

看着遠處的山外之山，我的思緒好像隨着笛聲飛到很遠很遠的地方。

「這歌是媽教我的，想不到你也會唱。」他說。

「也是媽教我的。」我說。

「可是你媽在你身邊……」他聲音沙啞。

「你跟你爸在一起？」

「還有一個新的媽，和她帶來的一個弟弟。」

我忽然記起碧姬説的他賠錢的事，便問他：

「人家踢球打碎了玻璃，為什麼要你賠錢？」

「誰叫我剛巧站在玻璃窗下面呢？」

「你不覺得不公道麼？」

「不公道的事可多呢，無所謂！」

「真的無所謂？」我盯着他的眼睛看。

「有什麼不開心，我拿出笛子來吹一吹便不覺得怎樣了。笛子是我母親送我的，有什麼比跟母親分開更痛苦呢？比起這種痛苦，其他的事也就無所謂了。」

他摸摸我的小狗，小狗伸出舌頭舔他。

「真可愛，可惜爸不會答應讓我養。」他把小狗抱在懷裏，小狗更興奮地舔他。

從那天起，我時常在小山上碰見他。我的小狗跟他做了朋友，一見他便衝過去跟他玩，他們跑呀、追呀，兩個都玩得氣喘喘的。

有一天回校時，張志勇烏了一隻眼，臉也腫了半邊。老師把他叫到教員室問了半天，他說是騎單車不小心撞在牆上傷的。

「是你爸打你麼？」我在小山上問他。

「小意思。」他說。

「為什麼打你？」

「我寫信給媽，他不許，還搶我的信。我跟他爭奪，他便打我。」

「你爸真野蠻！」

「或許他剛好有點醉。」

「以後你在學校寫信，別給他知道。」

「可是媽如果回信給我，他一定知道。」

「你可以用我的地址，你媽寄來我家，我把信轉給你。」

他想了一想，問了我地址的寫法，說試試也好。

可是張志勇媽媽的信始終沒有來，說不定她已經搬家了，根本收不到兒子的信。

張志勇又帶着腫脹的嘴唇回來。老師還發現他好幾本課本和練習簿都給撕破了。他還是什麼也沒有說。老師打電話到他家問，一個自認是他阿媽的女人，說是小弟弟頑皮把書本撕破的。

這天小山上的張志勇沒有吹笛子，我問他：「笛子呢？」

「給爸踩破了。」跟着他說，「我想回鄉下找阿媽，我想看看她，我要她再送我一根笛子。」

「你爸答應啊？」

「我有回鄉證，我想偷偷的回去。」

「你不怕回來時，爸爸打得你更厲害？」

「或許我從此不再回來。」他看着遠方，小狗在腳下拱他，想他陪牠玩；可是心事重重的他，顯然提不起興趣。

過了幾天之後，張志勇忽然沒有回校上課。我前一天在一間國貨公司發現有一種笛子，跟他吹的那根很相像，便買了一根，準備送他。

我帶着小狗和笛子到小山上去，但不見張志勇瘦小的身影。

第二天，我找着他的班主任李老師，問個究竟。李老師說到過張志勇家做家訪，他父親說志勇回大陸去了，有一封信留給班主任。信沒有封口，上面簡單的說他回鄉找媽媽，請老師原諒他不上學。

我帶着那根笛子到山上學吹，嗚溜嗚溜的總不及他吹得好聽。

或許有一天我吹得像他一樣好時，他會帶一根新笛子回來，跟我一齊吹。

Mid-Autumn
Festival

善感的

最後的團圓

我家有個傳統，就是每個家庭成員，不論有多忙，有兩個日子是一定要闔家團聚的：一是大除夕，二是中秋節。

在我的記憶中，不曾有過例外。

今年的中秋，跟過去一樣，在爺爺的村居共度，因為那裏的地方寬敞，月色又最好。

我跟爸爸、媽媽、三姐到達時，二姐已經在廚房裏幫着祖母煮菜。她在中文大學寄宿，來這裏比較近。

最後到達的是大哥。當所有的菜都已煮好，擺滿了一桌子時，他來了電話，說已在路上，十五分鐘之後便到。電話是我接的，祖父大聲傳話，要他小心駕駛，遲一點不要緊。

祖父的腳痛，看了無數醫生，骨科、針灸、物理治療，總是時好時壞。這次見他坐在籐椅上要站起來時，總要掙扎一番，看來情況愈來愈差了。不過他的精神還是好的，聲音也是一樣的響。

村前的犬吠迎來了大哥，一進門手上的無線電話便響，未曾寒暄，先談生意。父親搖頭說：

「科學昌明，結果人類進一步變成奴隸，大年大節，也沒個休息。」

大哥聽完電話，大家準備吃飯。父親對他說：

「你可不可以把電話關掉，免得吃飯的時候又談生意。」

「我怕阿芬打電話來。」大哥說。

大嫂阿芬，正帶着一個孩子在澳洲，大哥已經做了大半年

「太空人」[12]了。

今年的菜像往年一般豐富，雞是自家養的，菜是園裏摘的。爺爺還拿出一枝陳年佳釀，瓶子一開，酒香四溢，爺爺要每個人都喝一點。我今年十五歲，第一次有喝酒的資格，雖然他只倒了一點點給我，卻帶給我「大個仔了」的喜悅。

爸爸從來說話不多，這天更是沉默。去年「六四」之後，他整個月都失眠，加上不理髮、不剃鬚，憔悴得像患了大病。在母親的照料下，他總算精神漸復，不過仍是神思恍惚，少言少語。桌子上爺爺的聲音最多。

「為我們全家在一起過中秋喝一杯！」爺爺說。

我看到大哥臉上的苦澀，畢竟大嫂和孩子不在這裏，怎算是全家？

12 「太空人」，指妻子在外地的男人。

「這會不會是最後一次？」我的心忽然一陣絞痛。

明年七月，我便會跟爸媽移民到加拿大去，爺爺和祖母卻早說了寧願留在香港。

媽媽是護理人員，她申請移民很快得到批准。除了配偶之外，她還可以帶我們三個未婚子女一齊去。

我曾經問媽媽：

「爸爸的英文程度不好，到那邊能做什麼？爺爺和祖母年紀大、身體不好，怎能把他們拋下？」

媽媽說：

「你不知道你爸和我在文革期間受的苦，戴高帽、掛牌、遊街，我們哪樣不曾經歷過？你爸曾經被罰洗過兩年廁所，有一次他不堪侮辱割脈自殺，要不是我及時發覺，他早已死了。」

那是我第一次知道父親手腕上疤痕的真正來由，以前他說是不小心被玻璃割傷的。

「你爸說他不想再擔驚受怕。」

「可是爺爺和祖母…… 」

「我們本來想說服他們遲些一同到那邊生活，可是他們說都這麼老了，沒有什麼可怕的，反而到那邊生活，一定有許多的不慣。加上你二姐也暫時不跟我們去，她答應留在這裏照顧老人家。」

我知道二姐的理想，她決定大學畢業後，留在香港，做一個好老師，教育下一代，讓他們愛中國、愛民主，明事理，敢擔當，就像她和她的一班志同道合的朋友一般。有二姐留下來，我總算比較安心。

「老二，我要跟你喝一杯！」一直不大說話的父親忽然舉杯對二姐說。

我看到父親眼中對她的愛憐和託付。

二姐淺淺呷了一口，我跟三姐也不約而同的向她舉杯：

「二姐，讓我們敬你一杯！」

二姐喝時，媽媽把半隻雞腿放進她的碗裏。

「三妹，我祝你學業有成，為中國人，為香港人，為我們這一家人爭光！」二姐回敬三姐。

三姐考上美國一間大學的獎學金，趕不及九月入學，決定明年一月過去，她比我們更早離開香港。看她瘦骨伶仃的樣子，孤身上路，真有點為她擔心。

你來我往，那杯加了汽水的酒早被我喝光。我想再添，卻被母親制止，她說：

「你真以為你已經大個仔麼？」

真是掃興呢。

晚飯之後，我們幫着收拾了桌子。媽媽和三姐負責洗碗，我和二姐準備賞月用的東西。

賞月的地點在天台，視野廣闊。月亮從這邊山出來，經過我們頭頂，落到那邊山去，我們都看得清清楚楚。

我把爺爺拿出來的四個燈籠逐一點上，我知道另外至少還有兩個後備的。那年我們四兄弟姊妹各人一個燈籠，玩不到十分鐘，我跟三姐的燈籠先後燒毀，我大哭不停。那時爺爺還在市區與我們同住，便下街再買給我們，誰知賣燈籠的店舖已經休息，爺爺跑了老遠的路仍買不到。從這年起，他總是多買兩個做後備，預防萬一。

「明年爺爺還買燈籠麼？」我不敢想像只有二姐伴着兩老過中秋的情景。

祖母把兩個月餅切成八塊，要我們每人一件。月餅是一間著名老餅家的，祖母每年都做半份月餅會[13]，從我有記憶起，就是吃這一家的月餅。

「以後不做月餅會啦，怕做了明年沒有人吃。所以今年你們一定要吃。」

「明年的中秋我還有月餅吃麼？」想時鼻子忽然一酸，淚珠兒差點落下。

這時月亮從一塊烏雲中鑽了出來，特別清亮皎潔，引得我們一個個舉頭仰望。

爺爺忽然吟起詩來：

「共看明月應垂淚，一夜鄉心五處同。」

我數一數：加拿大、美國、澳洲、香港，我就讀的學校不

13 月餅會，簡稱餅會，人們以供款方式購買月餅，是香港預售月餅的一種方法。

一定在爸媽居住的同一城市，這兩句詩倒像我們一家人明年的寫照。

這時大哥的無線電話響了，他一開口我們便知道是大嫂打來。大哥的語調很溫柔，看來是在安慰大嫂。說了一會，他的聲音更為溫柔親暱：

「丁丁不要哭，爸爸疼你，很快就來看丁丁…… 」

丁丁是大哥兩歲的孩子。說着說着，大哥忽然哽咽起來，三姐連忙送一盒紙巾過去。哥哥打完電話，又抹眼淚，又擤鼻涕，我們也陪他難過。

二姐在削雪梨，她的技術熟練，那梨皮極薄，卻不折斷。削好之後，分成小塊，讓大家用牙籤挑起來吃。

「分梨，分離，天下無不散之筵席。」爺爺擺手不吃二姐遞給他的雪梨，跟着臉色一正，對她說：

「老二，我有一句話問你，你要老實答我。」

二姐放下手中裝梨的碟子，端正地坐下說:「爺爺，你講。」

爺爺兩眼認真地看着二姐說：

「你不跟爸媽到加拿大去，是因為你自己想留在香港，還是為了我們兩老？」

「是我自己想留，也因為你們兩位老人家不走，爸媽才放心我留下。以後爺爺和嫲嫲要多點疼愛我這個乖孫女呀！」

二姐說着忽然撲進爺爺懷裏，把臉藏在爺爺懷中。我們知道，二姐在哭了。

爺爺的嘴唇顫抖着，一隻手輕拍二姐的背，嘶啞着聲音說:

「老二乖，爺爺和嫲嫲一定疼你！」

這時祖母也拿了紙巾，在那裏抹淚。

過了良久，二姐才從爺爺懷裏退出，她的眼睛和鼻子都紅了。

「難過什麼？」爺爺忽然大聲說：「待爺爺明天去買十塊錢六合彩，中了之後，我出機票，請你們年年都回來過中秋，哈哈！」

不知為什麼，竟沒有人陪着爺爺笑。大家靜了下來，四野的蟲聲，叫得一片熱鬧。

有一種朋友，讓人在想起時，有一份甜美，有一份想念，而你就是那種朋友。

受傷的
想在草地打滾的女孩

我時常收到讀者來信，往往經過一番轉折才到我的手上，這封也不例外。

信是出版社一位新上任的編輯小姐轉寄給我的，她在附上的短簡上告訴我：她在整理上手留下的存稿時發現了這封信，看信封上的郵戳，已收到好幾個月了。

像許多其他的來信一樣，用的是有美麗圖案的信封，還加上一些貼紙：「謝謝郵差叔叔」、「你好嗎？」。

我微笑着用開信刀把信封裁開，一切都如我所期待的：工整但稚拙的字體，寫錯的地方還小心用了塗改液；簡單的自我介紹，一個正讀初中的小女孩，看過我寫的幾本書，很想跟我交個朋友。像其他的信一樣，她說寫信時很緊張，希望很快收到我的回信。

和其他來信稍有不同的是，她不但附有寫好地址、貼了郵票的回郵信封，還附了一張「回條」。

「回條」是學校與家長聯繫的特殊產物，校方有什麼事通知家長，家長要覆信表示知道了，或者告訴校方他同意或不同意孩子參加什麼活動。這封回覆的信是校方代他們寫好了的，附在後面，家長只要劃去同意或不同意的其中一項，再簽上名字讓孩子帶回學校去。

想不到這孩子也替我寫好了回條，上面只有一句話：「你的信收到了。」底下是一個括號，下面寫着：「請簽署」。「簽署」這個詞頗深，大概也是從學校回條上學來的。

我想：這孩子對別人太沒有信心了，因此她做了許多預防工作，但求對方簽上名字，把回條放進回郵信封丟進郵筒。至少可以使她得個明白，那信是到達對方手裏的。

可憐這封信差一點便到不了我手上，而她焦急期待的幾個月，恐怕使她對別人僅存的信心和期望也消失了。

這使我很覺不安。

我立即寫了一封信給她，告訴她我剛剛才收到她的信。我說我願意跟她做朋友，我把我的地址告訴她，以後她可以直接寫信到我家。我家很近郵局，我在當天的收信時間之前把信寄出。是另外寫的信封，她的回條和回郵信封我都留着。

很快我收到了她的第二封信，那是一封快樂的信，也是一封悲傷的信。

她描寫了收到我的信的快樂和激動，她說她決定把我當做可以傾訴心事的朋友。

她告訴我一個秘密，是關於她的家庭的。她說她的父親在她四歲時已經亡故，她隨母親再嫁，成為另一個家庭的成員。她有了一個新的父親和兩個姐姐。新的父親對她很客氣，說如果不習慣可以叫他 uncle。兩個姐姐也很照顧她，只是有時她們正在談話，一見她便不再談下去，或轉談其他話題，使她很不自在。

她覺得在這個家庭裏自己始終是個外人。她曾經趁與母親單獨在一起時，講過她這種感受。母親說：「不用急，慢慢來，感情是需要培養的。」可是至今已兩年多，情況似乎改變得很少。母親跟新的丈夫有時也會爭吵，事後母親總是走進洗手間很久才出來。她知道母親躲在裏面哭，可是她完全不知道自己可以做什麼。

我謝謝她對我的信任。這樣的「故事」香港有成千上萬，只要我不把這女孩的真實姓名資料透露，誰也不知道我寫的是她的「秘密」。我希望她在看到這篇文字時，不會怪責我。我告訴她：我同意她母親的說法 —— 感情是需要培養的。我提議她主動做一些事，增進她跟那位 uncle 和兩個姐姐的感情。

我們的通信繼續下去。她告訴我考試和測驗的成績，她喜歡和不喜歡的老師，她談得來和討厭的同學，她的幻想和希望……

她說她有一個很傻的願望，便是能夠在一片廣闊的草地上打滾，她覺得那是天大的樂事。她說在草地上玩得倦了，可以全身放鬆，仰臥在那裏看藍天白雲，然後她會甜甜的睡去。她相信那將是她平生最甜的一覺——雖然她平時也睡得很熟，不容易把她喚醒。她知道自己這個願望可能是受卡通片《飄零燕》[14] 的影響，她同情主角海迪的身世，卻羨慕她有機會在草地上打滾。

她另一個喜愛的卡通片主角是「叮噹」，她希望將來有機會養一隻像「叮噹」那麼機靈的貓，那時她就不愁寂寞了。

在一封信裏她寄來了一張摺紙，是一隻紙鶴附在一顆心上。紙鶴和心是用同一張紙摺成的，很見心思。她說她是照着

14《飄零燕》(Heidi)，1974 年日本動畫影集。講述從小失去雙親的女孩海迪，在阿爾卑斯山開展的新生活。

書本上的圖摺的，她還學會了摺玫瑰花和紙龜，可是怕壓壞了，不能放進信封寄給我。

我很喜歡那附在一顆心上的紙鶴，想拆開來研究一下怎樣摺，可是我的手指頭太粗了，拆開少許怕弄壞了它，便放棄了。我告訴她我很喜歡她的摺紙。她又寄了一隻很小的紙馬來，信上註明，只要把它的腳掰開，這小馬便可以站立。如今這小馬正站在我書桌的檯曆旁邊。

她把她的電話號碼寫在信上，說我可以打電話給她，她想聽聽我的聲音。我不想向她接聽電話的家人解釋我是誰，因此我一直沒有使用那個號碼。

她寄了她的照片來，是一張旅行生活照，她坐在一幅草地上，可惜那只是一幅很小的草地。她跟別的初中女生沒有什麼分別，尤其她穿着校服；只是她有一對大眼睛，一對大而憂鬱的眼睛。

她要我跟她交換生日的日期。是我的生日先到，我收到了她自製的賀卡。我一打開，便看見一個三層的生日蛋糕，上面還有一根蠟燭。這是用𠝹刀𠝹成的。我永遠無法回報她一張同樣珍貴的卡，我沒有這樣的巧手，也沒有這樣的時間。

這樣的友誼對我來說很珍貴卻也平常，因為我有好些可愛的讀者朋友，她們都是如此厚我、愛我，直到我收到她寄來一封使我擔心的信。

她說，上個星期突然收到我的電話，她跟我在電話中聊天覺得很開心。不過不知怎的，她總覺得那不是她心中的我，覺得很陌生。而且她覺得更奇怪的是，我竟然對她說：「我愛你。」她說這把她嚇了一跳，她想或許我是鬧着玩的，因為這句話是不應該隨便說的，只有在情人和家人之間可以這樣說，而我竟然對她說了。她說我是第一個對她說這話的人，她從來沒有想過有人會對她說。不過，她又說：我的心像吃了蜜糖般甜。

她的信裏還附了一張小書簽，圖案是一個小女孩，下面有幾行字：「有一種朋友，讓人在想起時，有一份甜美，有一份想念，而你就是那種朋友。」

她的信使我很擔心，因為我沒有打過這樣的電話，而有人冒了我的名字，騙了這個女孩。我不知道這樣的惡作劇還會不會繼續，會不會做出更傷害她的事來。

我立即寫了一封信給她，告訴她我不曾打過這樣的電話，並且要她小心提防這樣的冒名電話，不要再上當。

很快我收到了她的信，她很激動，也很傷心難過。她要我把上次的信撕掉，撕得要多碎有多碎。她說這是她給我的最後一封信，希望我能完全把她忘記，因為一想起這件事她的心就刺痛，難受萬分。她說她曾經找藉口原諒自己，可惜她失敗了，她只能作出這痛苦的決定。

她說希望我把她所有的信都丟掉，腦海中再不要存有她的影子。至於我寫給她的信，她會藏在抽屜底作為紀念。

她在信的最後說：

「你收到這封信後，請不要再回信，這是我最後的請求，希望你能成全。如果那人再打電話來，我知道怎樣做了，不用替我操心，謝謝你。」

我難過地發現，她的痛苦似乎包括了我對她的傷害在內。

於是我面對一個難題：我該不該再寫信給她？為一個不知是誰的惡作劇而要結束一段友誼，我不甘心；明知她不開心卻置之不理，我也不安心，可是我應該拒絕她這「最後的要求」嗎？

親愛的讀者朋友，你認為我應該怎樣做？請你寫信告訴我，謝謝你！

幾番思量的 尋角

一齣大製作的話劇正在籌備中，有市政局協辦，場地沒問題，初步計劃演出三十場，之後還會到新市鎮巡迴演出。

劇本初稿已完成，講的是一個性格複雜的少女的故事。

她有一個世家子弟的父親，一個氣質浪漫的母親，可惜這卻是一個破碎的家庭。父母離異，她隨母親往歐洲過了幾年富裕的流浪生活，終於回到香港來迎接九七回歸。又在這時候，她跟母親同時面對愛情的困擾，而她遺傳自母親的浪漫因子，加上歐洲流浪那幾年的自由放任，使她對周遭的環境有一種困迫感。本來她對藝術有高雅的品味，在音樂和美術方面都有天分，卻由於那困迫感和青春期的躁動，使她做出許多連自己也討厭的行為來。……

編劇是有名氣的林勇，他寫的上一個戲有連滿五十場的紀錄，後來還由舞台搬上銀幕，賣座成績也不差。導演莫沛，是林勇的老拍檔。監製伍文華工作嚴謹，控制成本和素質極有經驗。幾個主要演員也敲定了，不是老手便是演藝學院的高材生，如今所欠的只是劇中的女主角。

他們要找一個未在娛樂圈打過滾、有清純氣質的少女，接見過幾位仍在演藝學院就讀的學員，卻總是不大滿意。於是他們開了一個記者招待會，向公眾表達他們徵求女主角的誠意。林勇、莫沛、伍文華分別敘述了他們對角色的要求。

這天三人在一間咖啡室聚首，談消息發佈之後的情況。他們收到了不太多的申請信，光是看申請人的自我介紹和照片，已沒有哪一個是適合的。不過林勇卻談起他偶然認識的一個少女：

「我在一間卡拉 OK 認識她，很清純很清純的樣子，卻專唱狂野的歌，十分十分的投入，引起許多人的注意。

「她跟一班朋友同來，朋友很捧她的場。她每唱完一支歌，大家都拍檯拍凳吹口哨。她的確唱得好，連我也忍不住加入了她朋友的行列，一樣的拍檯拍凳吹口哨。

「到半夜十二點的時候，她唱完一隻歌，在『咪』前對大家說，她要回家了，因為她答應了阿媽，不遲過一點鐘回去。

「有同來的朋友高叫，去你的媽媽！由得她去等門吧！也有人說，我們再不是BB，不需要媽媽！還有人胡鬧說，我們去接你媽媽來一塊兒玩！

「這女孩微笑說，你們不要媽媽我要，再見！她一說完便頭也不回的走出去了。

「那晚上我跟太太同去，我捉着她的手臂說，快追！那女孩正在門前等的士。我對她說，聽媽媽話的乖女孩，要不要我送你一程？她爽朗地一笑，就上了我們的車。她現在是我們的朋友，我覺得她正是我想找的人。」

莫沛說：「真想見見你的新朋友，不過最近我也認識了一個女孩。

「那是一個籌款晚會，表演者並非一流，氣氛卻很不錯。一位魔術師表演時需要一個助手，一個清爽的女孩一躍而上。表演是例牌菜，無非是從無變有，從有變無。可是這女孩配合純熟，該精靈的時候精靈，該傻笨的時候傻笨。最後一個節目是刀鋸美人，平常所見，那美人被鋸時還臉帶微笑，誰知她卻發出淒厲的慘呼，嚇得那魔術師連刀也掉在地上。她卻轉呼叫為大笑，引得全場跟着她大笑起來。

「這次的表演十分成功。我起初以為這女孩是魔術師受過訓練的拍檔，後來見她與一班同學同來，跟那魔術師根本沒有關係。魔術師表演之後便離場了，她仍然跟同學們在一起直至散場。

「我覺得她天生有一種表演才能，面部表情和身體語言都很豐富，又對觀眾的心理十分了解，是很有潛質、十分討好的演員材料。」

「那麼你有沒有找她談談？」莫沛和伍文華同時問。

「我怎會把她輕輕放過！我開門見山，跟她談我們正在物色女主角的事。原來她已經在報上看過這段消息。她說她是學校劇社的成員，每年都有演出。如果媽媽不反對，她也很想試試。」

「又是一個聽媽媽話的乖女孩！」林勇說。

「說起來真巧，最近我也認識了一個女孩。」伍文華說。

「那個長週末，我們一家去離島一個少人到的沙灘曬太陽。我說曬太陽是因為我們全家都不會游泳，只是陪孩子們堆沙捉蟹。

「沙灘上人不多，但有一班年輕人在玩一種叫沙灘排球的遊戲。他們自成一角，並不妨礙我們。

「其中一個穿三點式泳衣的少女，有一對長腿，身體還在發育中，散發着青春的純美。她身手敏捷，笑聲爽朗，自然吸引了我的注意，少不免多看她兩眼。太太注意到我的目光，警告說：當心別人以為你是色狼！

「既然太太不喜歡，我只好看山、看海、看書……」

「人家是聽媽媽的話，你是聽太太的話。」林勇打趣說。

「後來發生了一件事，」伍文華繼續說，「忽然有人在海上喊救命，我看到在離岸四、五十呎的地方有人舉手呼救。這個沙灘沒有救生員，而我根本不會游泳。這時有兩三個人跳下水去，他們都是玩排球的年輕人，而我看到游得最快的竟是那個長腿女孩。

「呼救的人並非不懂游泳，只是忽然抽筋。因此他並沒有下沉，很快便被那幾個年輕人救上岸。

「那長腿女孩熟練地幫他搓揉按摩，那人休息了一會兒便一跛一跛的自行離開了。

「長腿女孩像什麼事也不曾發生過，繼續他們的沙灘遊戲。後來一個男孩邀請她拍照，她隨意地擺了幾個姿勢，都自然順眼。

「我想起了我們戲中的女主角，正需要這種青春洋溢的氣質，便拉了太太上去跟她打招呼，並且談起我們正在找尋女主角的事。似乎她已經聽説過這件事，不過她想知道更詳細的情形。她説她年紀還小，要跟媽媽商量。」

「奇怪，現在的女孩都這麼乖，懂得要跟媽媽商量。」莫沛説。

「不如我們約這三個女孩來跟大家見見面，看誰最適合。」林勇説。

三天之後，在同一間咖啡室裏，他們安排了一張六座位的桌子。

依約定的時間，一個穿 T 恤牛仔褲的長腿女孩，在她們面前出現，林勇、莫沛和伍文華同時站起來跟她打招呼，也同時喊她的名字：

「雪莉！」

他們並沒有花太多時間，便弄清楚原來三人約的同是一個人。至於雪莉，當然比他們知道得更早，不過她故意不說破，為的是增加小小的戲劇性。

這個戲如今已排期上演，你有沒有興趣去捧捧他們的場？

You are Beautiful

蠻漂亮的
校長李潔

一班初中女生在參觀了這間盲人學校之後，聚集在小禮堂裏，聽校長李潔回答大家的問題。

李潔的態度隨和親切，又有幽默感，氣氛變得很輕鬆，隨時響起女孩們銀鈴般的笑聲。

「你可不可以告訴我們，為什麼要到一間盲人學校做校長？」

「因為我年輕時很漂亮。」李潔笑着說。

女孩們雖然不明白這個答案的意思，但是他們又笑又鼓掌。有人還大聲說：

「你現在仍然很漂亮！」

「謝謝！」李潔說：「我很遲才知道自己長得不醜，因為媽媽自小叫我『醜樣妹』，哥哥叫我『醜小鴨』，因此我一直以為自己是個醜丫頭，將來一定嫁不出去。」

「後來你是怎麼知道的？」幾個女孩一齊問。

「那年有一間名校招小一新生，光是拿報名紙已經要通宵輪候。但是考入學試卻很簡單，由校長親自問幾個問題，便算考過了。考完回來，舅父對媽說：阿潔一定考得到，因為她長得好看。」

「結果你考到了沒有？」

「考到了，媽媽和我都很歡喜。我歡喜不是因為可以在這間名校讀書，而是因為舅父那番說話。從那時起，我時常照鏡子，我對自己說：或許我真的不是『醜樣妹』。」

喝了一口茶，李潔繼續說：

「小學的生活很愉快，似乎每個老師都對我很好，一轉眼便是六年。我的成績不差，但前三名輪不到我。學期終有一個聯校畢業禮，這個辦學團體屬下的五間學校一同舉行。老師選我代表畢業生致謝詞，他們沒有說為什麼選我，但我心中有數：他們覺得我樣子漂亮。

「進了中學，煩惱愈來愈多。中三那年，有兩個男生打架，據說是因為他們兩個都喜歡我。」

有人輕輕吹起了口哨。

「雖然我懵然不知，卻也被訓導主任叫去問話。中四的時候，班上有幾個女生又搽胭脂，又用唇膏，被訓導主任勸諭一番。起初她把我也叫去，後來看清楚我紅潤的膚色和嘴唇都是天生的，才放我走。」

「天生麗質！」有人插嘴，又引起一片笑聲。

「中四那年的英文科新老師年輕漂亮，誇張地說一句：現在歌壇的天王沒有一個比得上他……」

又是一連串的口哨聲，女孩們起了一陣騷動，似乎為自己沒有這樣的一位老師感到可惜。

「他是許多女同學的夢中情人，小息時間、放學後都有一大班人要見他。大家的學習興趣突然高漲。」

女孩們一片理解的笑聲。

「我不喜歡跟別人爭，因此我從來不找他。他卻特別喜歡叫我朗讀。他説我的發音準確，腔調自然，不看着我還以為念的是英國人 —— 他在英國生活過十年，他的批評當然夠權威。

「不過生活中有許多意外和巧合。有一次我趁學校假期到愉景灣探望姑母，卻在船上碰見了他。他也是一個人，去探望他在英國讀書時教他的一位老師和師母。他們正在香港小住。

「他邀請我到船頭吹海風、看風景。我們談得很高興，忘記了我們的師生關係，談得像一對朋友。這在外國生活過一段日子的年輕人來說，是平常不過的。他說我可以叫他 Richard，我也不客氣。事實上他看上去比我哥哥還年輕。

「想不到這次船上的偶遇，卻惹起很厲害的緋聞。大概剛好另外有兩個同學在船上，看到我跟他在一起的情形。緋聞愈傳愈離譜，說我們在船頭擁抱和 kiss……」

女孩們把口哨吹得像在聽演唱會。

「我不知道他受到的困擾有多大，可是他上課再不叫我朗誦。下個學期我們沒再見到他，代替他的是一位很嚴厲的老先生……」

女孩們沮喪地歎息。

「我讀中學的時候，對班上的男同學毫無感覺。這因為我有一個功課好、運動又出色的哥哥。他玩得又會說笑，思考問題不但敏捷而且有深度。跟他比較之下，我班上的男生都成了乳臭未乾的小子。我的好朋友都是女生，其中一個叫沙莉的，更是我的死黨。畢業那年，學校要排一齣戲參加校際戲劇比賽。沙莉和我都有興趣演劇中的女主角，結果負責選角的導演揀了我——我知道沙莉的條件不比我差，除了樣貌。她落選之後便沒有再睬我。後來我知道她很喜歡那個男主角，她渴望跟他同台演出。戲演得很成功，男主角多次約我單獨外出，我都沒有答應。我對得住沙莉，但沙莉一直沒有原諒我。」

李潔說的時候一臉的無奈，似乎對那份失落的友情仍感惋惜。

「年輕人的思想有時很直接。很奇怪，我把中學時代所有的不快，都歸罪於我的樣貌。長得漂亮，帶給我的不是快樂，而是煩惱。我決定畢業後，要到一處沒有人注意我面孔的地方工作。大學畢業之後，我便申請這間盲人學校的教職，一做便做了十年，如今我是校長。

「學校裏沒有男同事，失明的學生認得出我的聲音，但不知道我的樣子，漂亮沒有再帶給我什麼煩惱。」

「請問校長你有沒有為你的決定後悔？」一個戴眼鏡、表情嚴肅的女孩舉手問。

「我沒有後悔，但是最近發生了一件事，使我對事情有了不同的看法。你們要不要聽？」

「想！」答案一致得很。

「我們學校有一個聲音很好聽的女孩，她很會唱歌，音準，又有感情。可是她的樣子很難看，因為她的失明是在一場意外中造成的，面孔扭曲損毀了。自己樣子難看，她是知道的，因為她很敏感，外出時聽到人家議論她的樣貌；她自己也摸到自己臉龐的缺陷。

「可是她很喜歡表演，不但在校內唱歌，還接受邀請到校外唱。她唱的時候樣子往往更難看，但她優美而有感情的歌聲，每次都為她帶來熱烈的掌聲。

「她勇敢地享受她的長處帶給她的快樂，蔑視那醜陋樣貌帶給她的不快感覺。有一次我聽她唱歌，忽然悟到她比我堅強：她不隱藏，不躲避，欣然自若地顯耀自己的優點，也接受自己的缺憾。長得漂亮是上天對我的恩賜，我該自豪，我該感謝；我卻抱怨，我卻躲藏。我這樣的性格其實一點也不可愛。

「我開始改變自己，我恢復了照鏡子。當然，我看書的時間比照鏡子的時間多得多。其實讀書是另一種照鏡，但我的確對着鏡子仔細地看我自己，我知道自己哪一部分最耐看，哪一部分需要修飾。功效很顯著，我發現街上看我的目光多起來，包括男人和女人。

「我認識了一位男朋友。他是畫家，比我年輕，但我對自己有信心，我知道自己很使他着迷，而且我有信心讓他繼續迷下去。我的外貌不錯，但更重要的是氣質。我讀書，我寫書法，我學習舞蹈，我的氣質只會愈來愈好。

「如今我不再躲藏，除了把學校辦好之外，我還多參加社會公益活動。我漂漂亮亮地出現在公眾之前，我欣賞別人對我的欣賞。各位可愛的小妹妹，你們覺得我漂亮麼？」

「李校長，你好漂亮！」女孩們衷心地讚美。

「謝謝大家！」李潔嫣然一笑，迷人得很。

Beau

You are
Beautiful

You a
Beau

You are
Beauti